KB053789

유순영 에세이

# 그때
# 그 느낌은
# 누구의
# 것일까

글·그림 유순영

삶을 들추어 보듯,
오래된 일기장과 앨범 속의 그림과 글을 다시


살아가면서 쉼 없이 뒤를 돌아다보며 한참을 멈춰 서 있다가 갈 길을 잃어 허우적대며 살았다. 나는 서른 살이 넘어 결혼했고, 학교라는 곳에 직장도 잡았다. 나의 서른 살은 인생에 새로운 시작의 깃발을 도처에 꽂았다.

학창 시절에는 그림을 그리느라 친구가 별로 없었고, 친구들 사이에서 나는 언제나 홀로 다니던 아주 까다롭고 이상한 아이였다고 훗날 친구들이 나에게 이야기해 줘서 알았다. 중학교 시절에 나는 도서관의 책, 특히 철학책에 빠졌고, 공상 소설을 써서 작가처럼 굴었다. 아주 어렸을 때부터 엄마가 늘 하시던 말씀 "네가 호기심이 너무 많아 이곳저곳 온 동네를 쑤시고 휘젓고 다니니 엄마가 네 뒤처리를 하느라 너무 힘들다. 그러니 동네 미술 학원에 다니는 게 어떻겠니?" 나는 초등학교에 들어가기 전부터 미술 학원에 다녔다. 물론 미술 학원에서도 말썽을 부려 여러 번 쫓겨났고, 그럴 때마다 엄마가 사정하여 다시 미술 학원에 다닐 수 있었다. 그림그리기에 재능이 있어서 그림을 가르친 것이 아니라 말썽쟁이였던 나를 남들보다 잘할 수 있도록 만들어준 엄마다.

서른 살까지는 내가 하고 싶은 것을 다 하면서 재미나게 살았다. 세상에 무서운 것, 두려운 것이 없다는 방자한 태도로 젊은 날을 보냈다. 결혼 후에는 학교에 근무하면서 나는 너무나 많이 달라졌다. 별로 도덕적이지 못했던 내가 반듯한 틀 안에 나를 넣어가며 살았다. 때로는 답답하고 질식할 것 같아 삶의 초점이 흐려지기도 했지만 그럴 때마다 내 등을 찍어 내리는 것과 같은 큰 사건들이 생겼다. 부모님들과의 영원한 이별과 아이의 탄생과 병치레로 나의 서른 살부터 마흔 살 중반까지 너무나 힘들게 보내야만 했다. 내가 잘 살아내고 있다고 끝까지 응원해주던 가족과 내 제자들 그리고 지인들 덕분에 지금까지도 잘 살고 있다.

이제 나이 칠십 세가 되니 인생을 십 년 간격으로 잘라 살던 내가 너무 잘 살아내려고 애쓴 흔적이 곳곳에 묻어있다. 그동안 그림을 그리고 매주 목요일마다 나의 삶을 응원하려고 일기처럼 써 온 글들을 모아 봤다. 누군가에게 내 이야기를 두서없이 하는 것처럼 글을 쓰다 보니 그 글들이 나에게 위안이 되었고, 휴식이 되었다. 그런 글들을 모아 책으로 엮어 볼 생각을 하지 못했는데 어느 날 김윤태 대표님의 권유가 충격을 줬다. "유 선생님 칠십 세를 그냥 보내지 마시고 그동안의 그림과 글을 모아서 책으로 만들어 보세요." 삶을 들추어 보듯, 오래된 일기장과 앨범 속의 그림과 글을 다시 읽어 보니 지난날의 기억들이 고스란히 되살아난다.

세상에 내놓기에 많이 부족한 나의 그림과 이야기들이지만 그동안 잘 살아냈다고 토닥토닥 자신을 칭찬하는 의미로 부끄럽지만 책으로 묶어보려고 한다. 제자들에게는 불꽃 같은 열정을 아낌없이 몰아줬고, 후배 교사들이 나의 친구가 돼주었고, 많은 제자들과 후배와 지인들이 나의 두터운 울타리가 되어 지금까지 나를 지켜주고 있다. 일하던 아내, 엄마인 나에게 늘 잘한다고 응원해주는 남편과 아들, 딸에게도 감사하다. 내가 잘 살아내게 도와준 모든 이들에게 감사하고 고맙다. 그리고 세상을 일찍 버리신 아버지와 엄마, 남동생에게 나의 부족한 마음을 담아낸 책을 보여드리고 싶다.

2024년 도곡동에서 유 순 영

그때
그 느낌은
누구의
것일까  유순영 에세이

# 1

# 2

# 3

# 4

2013. S. Young

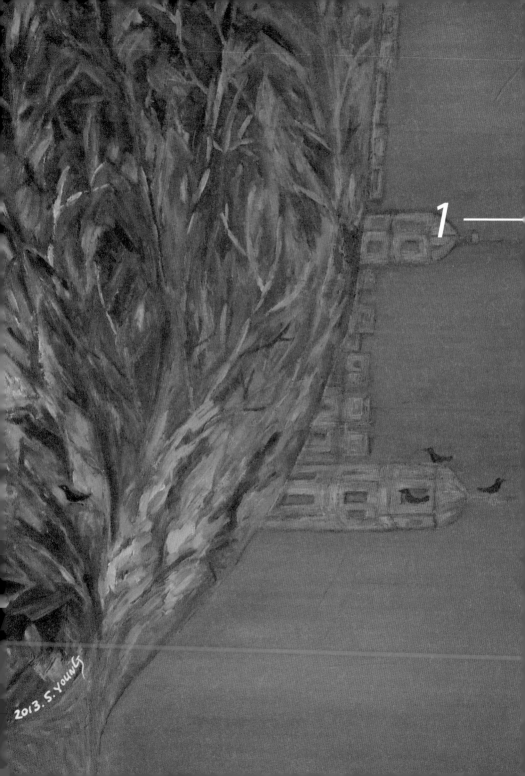

와트만지에 색연필

누구나 다 지난 시간에 대한 아련한 추억들이 있다.
포장마차.
비 오는 날이면 한 번쯤 기웃거려 보고 싶은 장소다.

겨울이 지나고 봄이 올 즈음 (비가 내리거나 싸락눈이 오는 날이면 더욱더 생각난다)
운동 갔다가 집으로 돌아오는 길에 가끔씩 동네 포장마차에 들러
어묵 국물을 얻어먹는다. (후후...! 등을 보이고 앉은 이가 나일걸?)

언젠가는 소주 한 잔도 달라고 그래야겠다.
나에게서 멀리 잊혀지려는 내 친구들에게 건배를 하면서!

# 딸과 인사동 나들이

일요일 오후 딸 지희의 손을 잡고 인사동에 나갔다.
차 없는 날인 일요일의 인사동은 그림 전시회 구경뿐만 아니라
기기묘묘한⑦ 사람들 구경이 더 흥미롭다.

노점상들이 펼쳐 놓은 여러 가지 물건들이 넘치는 곳이다.
물론 국적 불명의 다국적 물건이지만 딸과 나는 몸을 구부리고
쪼그려 앉더라도 구경하기엔 충분한 흥밋거리다.

길게 줄을 선 사람들의 기다림이 무엇인지 알아내고는
둘이 키득거리기도 한다.
(한 개에 500원 하는 옥수수 호떡 포장마차 앞줄이 끝도 없다.)

옛집, 옛 골목에 숨겨진 작고 큰 전시장을 돌며
딸과 나는 어느새 그림 비평가가 되어 의견이 일치하기도, 엇갈리기도 한다.
의견이 엇갈려도 좋으리라.
작품 감상은 늘 혼자의 몫이니 상관없다.

일요 인사동 지킴이들.

아코디언을 연주하는 할아버지며, 대나무 끝으로 그림을 그리는 사람,

사주 관상을 진지하게 봐준다는 엉터리 관상쟁이며,

아주 먼 옛날 다락 속이나 마루 밑에 처박아 두었을 듯한

거미줄 낀 물건들을 팔러 나온 사람들도 너무 많다.

추수한 볏단을 넉넉하게 풀어 놓고는

각기 재주껏 인형이든 신발이든 꼬아 가라는 풍경도 있다.

무엇이든 만들고 싶어서 손으로 두드리고, 비틀고, 꼬며

지푸라기 풀썩거리는 모습들이 정겨워 보인다.

호박엿 생강엿을 대패로 밀어 파는 부부의 각설이타령과

가위로 박자 맞춰 엿 자르는 소리가 인사동의 청명한 하늘로 튀어오른다.

여름의 상징인 여러 색과 모양의 부채들은 계절과 상관없이 흔들거린다.

필방마다 걸려 있는 크고 작은 부채들도 호객행위 중인 듯하다.

(부채는 겨울에 사놔야만 다음 해 단옷날에 그림을 그려 지인들에게 선물할 수가 있기에 나에게는 반갑다.)

전통 향을 피우면서 정신을 똑바로 차리고 살라는 일침 가하는 통인가게와
경인미술관에서 흐르는 전통차 냄새가 인사동을 덮고 있어서
겨울 기운을 더 깊은 맛으로 느끼게 한다.
(귀한 향기는 사람의 정신이 맑아진다고 함)


그리고 포장마차에서 풍겨오는 어묵 국물 냄새와 번데기 졸이는 냄새
옛날식 밥풀과자 만들기를 묘기 부리듯 만들어 보이는 아저씨의 손놀림과
밥풀과자 달고나 만드는 아줌마의 뽑기 누르는 솜씨는
가히 조각가의 수준이다.
용의 수염을 닮았다는 수타식의 엿은 꼭 누에고치처럼 생겼다.


휴일의 인사동 길을 걸으려면 너나 할 것 없이 손에는 주전부리
한 개씩을 들어야 푸근해 보인다.
오가는 손에 들린 것은 우리가 잊고 있었던 오래전의 주전부리들이다.

어깨를 부딪치면서 걸어도 누구 하나 얼굴 찡그리지 않는 인사동길.
외국어를 몰라도 스쳐 만나는 외국인들과 미소를 나누는 인사동길.

딸과 나는 집에 있는 식구들에게 준다며,
울릉도 호박엿과 콩엿, 밥풀과자를 사 들고 서둘러 귀가 준비한다.

집으로 돌아오는 버스 속에서 딸의 어깨에 기대어 잠시 잠을 잤다.
이미 해는 지고 거리는 겨울이 짙게 내리는 어둠이 깔렸지만
어린 딸이 내 지킴이가 되어 줘서 참 좋았다.

♡ 지희야 고마워! 인사동 연가♫ 끝! 2008. 2

## 2

종이에 복합재료

봄바람이 거칠게 분다.
봄바람엔 고추의 붉은 색과 겨자의 노란 빛이 스며있다.
봄바람을 얄보고 거리로 나갔다가는 겨울과 다른 낭패를 본다.

봄바람을 피한 꽃들은 나뭇가지에 힘겹게 매달린다.
세상의 풍경을 바꾸려는 자연의 몸부림이 눈물겹다.

봄의 시작은 매년 같은 통증이었을 터인데
왜! 나는 늘 지금 바로 이 순간이 더 아픈가?

바람이 거세게 불며 세상을 뒤집고 있는
올봄에도 혼자라서 슬프다.

# 우리 집의 전자제품들

우리 집에는 오래된 가전제품들이 많다. 냉장고, 전자레인지, 세탁기 등……:
그중에서 냉장고와 세탁기는 20년 넘게 사용하고 있다. 냉장고와 세탁기를 그동안 몇 번 고치고 또 사용하는 중이다. 세탁기도 20년 전에 살 때는 용량도 대형 10Kg이라 덩치가 무척이나 커서 빨래터의 뒤 베란다 문을 통과하지 못했다. 그래서 베란다와 붙은 방의 창문으로 넘겨서 설치했다.

20살이 넘은 세탁기. 뭐~~! 아직은 잘 돌아간다. 먼지 거름망도 몇 개를 가지고 빨래를 할 때마다 교체하여 사용하고 세탁기통 세척은 일주일에 한 번씩은 해 주고 있다. 우리 집 세탁기가 오랜 세월 반항 없이 잘 돌아가 주기에 고맙다. 그리고 빨래를 마쳤다는 멜로디 음으로 나를 부르면 세탁기를 통통 두드리면서 말해 준다.

"고맙다. 네가 오늘도 수고했다."

그런데 며칠 전 우리 집 아랫집이 최신형 세탁기를 샀나 보다. 세탁기가 커서 아파트 현관문을 통과하지 못하고 고가 사다리차가 뒤 베란다로 설치되고, 잠수함처럼 생긴 세탁기가 사다리를 타고 오르느라 뒤 베란다 창문이 흔들리며 난리도 그런 난리가 아니었다.

그 뒤 베란다의 창문을 열어 두면 세탁물 건조시키는 냄새가 심하게 난다. 바로 아랫집에서 올라오는 세탁물 냄새에 신경이 쓰이지만 우리 집 베란다 창문을 더 철저하게 봉쇄하고 내 입도 닫았다.

이웃과 함께 잘 살아 내기란 '거의 못 들은 체, 안 본 체' 살아야 한다. 함께 살아가는 구조가 성냥갑과 같은 아파트이니 어쩌랴. 서로 조심해서 살고, 이해하며 살아야지!

나이가 드니 세월을 따라 마음도 너그러워지는지 뾰족했던 성격의 모서리들이 둥글고 반질거리게 다듬어지나 보다.

## 3

종이에 복합재료

찬바람이 그다지 차갑게 느껴지지 않는다.
아직 아침의 시작은 더디게 세월의 보조를 맞추고 있지만
햇볕의 사랑과 애무가 지나친 곳의 나무들은 벌써 봄이다.

붉은색을 좋아하던 시절이 있었다.
그때엔 무엇을 해도 신이 났고, 기운이 넘치던 시절이었다.
요즘엔 푸른색이 내 마음의 헛헛함을 대신해 준다.

요즘 눈물이 시도 때도 없이 흐른다.
날이 너무 좋아서, 날이 너무 나빠서, 노래가 너무 슬퍼서,
자다가 일어나 바라본 달빛이 너무 환해서 등등

눈물의 원인을 알고 있으면서도 쉽게 치유가 되질 않는다.

동생네 담장 안의 목련꽃의 봉오리들이 터지려 한다.
칭찬과 눈인사를 해 줄 사람이 없다는 것을 목련은 모르고 있나 보다.

# 노래교실

동네 동사무소 정보센터에서 운영하는 노래 교실에 다닌다.
일주일에 한 번, 두 시간을 꼬박 트로트를 열창한다.
트로트를 잘 모르는 내 귀에는 노래들이 거의 비슷하게 들린다.

함께 노래를 부르는 회원들의 나이가 다 고령이다.
아마도 내가 그중에서 제일 막내인 듯해 모두가 나를 환영한다.

내 곁에서 함께 노래를 부르는 분에게 '할머니'라 불렀더니
"나에게 언니라고 부르구려, 내가 팔십이 넘어도 할머니는 싫어" 하신다.

핑크색 앙고라 스웨터가 예쁜 70대 후반의 언니도,
박하사탕처럼 큼직한 진주목걸이와 귀걸이의 91세 언니도,
무도회장에 다녀온 듯 붉은색 스팡크의 칼멘 옷차림 언니도,
온몸을 흔들면서 춤의 종류를 여러 가지로 표현하는 것이라 하는
덩치 큰 할아버지도,
모두에게 신나는 노래 수업이다.

귀가 터져 나갈 것 같게 크게 틀어놓은 트로트 노래와 가사를
두 시간 동안 목청 높여 따라서 불렀다.

할머니, 할아버지들은 치매 예방으로 노래 교실에 온다고 했고,
나는 내 마음속에 자리 잡은 납덩이 같은 우울을 소리로 토해 보려 간다.

두 시간 동안 쉬지 않고 노래 교실 강사를 따라 트로트를 부르면
우리나라 전국을 노래 교실 언니들과 여행하는 듯하다.
트로트 노래에는 유독 우리나라 도시의 이름이 많다.
〈안동역에서〉 〈부산에 가면〉 〈울릉도〉 〈울산아가씨〉 〈화진포 사랑〉 등.

언니들은 노래를 부르다 잠시 쉬는 중간에도
차나 빵, 과일, 과자 등의 간식을 나에게도 나누어 준다.
안 먹겠다고 하면 혼이 난다.
다음에는 내가 먼저 간식을 준비해야겠다.
그리고 언니들의 이름을 기억했다가 이름을 불러드려야겠다.

## 4

와트만지에 복합재료

겁이 많은 나무들은 어느새 지레 겁먹은 듯하다.
가을바람 앞에서 입었던 옷을 맥없이 벗는다.
자연이 주는 선물이 하나씩 내 책상 위에 놓인다.

절대로 입을 벌려 속내를 보이지 않을 것 같던 호두도
추석을 피해 용케 남아 있던 못난이 모과와 빛바랜 땡감도 있다.

모두 이제는 더이상 나무에 매달려 있을 수 없나 보다.
가을바람이 또 한 번 폭포의 낙하 소리를 흉내 내며 나무를 흔든다.

풋사랑처럼 어설픈 가을바람에
새들은 미끄러지지 않으려 안간힘을 쓴다.

# 가을비

안개가 자욱한 도심은
수심에 그득 찬 미망인처럼 애잔하고 우울하다.

청승스럽게 가을비를 기다리는 중이다.
가을비가 내리는 창가에 앉아
서두르지 않고 뜨거운 차가 식을 때까지 밖을 내다본다.

오늘은 무슨 마음으로 하루를 보내려 하는가!
늘 같은 마음으로 보내는 것도 어렵고,
늘 최선을 다해서 보내는 것도 어렵다.

# 당신을 기다리지요

오늘 하루는 그냥 그렇게 보내기로 하지요.
나도 오늘 하루는 당신만을 생각하면서 보내렵니다.
당신도 나처럼
그 누군가 한 사람만을 생각하며 보내는 날이기를……

당신! 어디쯤 오고 계신가요?
덜컹거리는 문소리에 놀라 맨발로 달려 나가 보기를 여러 번
돌아오는 길을 잊으셨다면
창을 두드리는 바람의 그림자라도 따라오시지!
길눈이 어두운 당신을 위해 오늘도 등을 밝혀 둡니다.

# 5

종이에 복합재료

누가 저 나무에 붉은 물감을 끼얹었을까?
지난해에도 그랬을 터이고,
그 지난해에도 그랬을 터인데.

미친 듯~ 흐드러지게 머리 풀어 헤치는 단풍나무를 바라보며
어릴 때 가지고 놀던 붉은 색 꽈리가 생각났다.

손으로 조물조물 주물러 노란 씨앗을 다 빼내고 나면
달팽이 껍데기처럼 투명한 꽈리 껍질이 남는다.
입으로 불어 소리를 내 볼 참으로 바람을 넣고 보면
핫바지에서 방구 빠져나가듯 입으로 불기도 전에 쪼그라들던 꽈리.

날이 갈수록 기억되는 추억보다 잊혀지는 것이 더 많다.
나는 아는데 그들은 모르고 그들은 아는데 나는 모르는 것들.

갈수록 생각하지 못하는 기억의 무덤이 산처럼 커진다.

#6

종이에 복합재료

여름이 남긴 자리로 가을풍경이 담긴다.

거의 해마다 연밭으로 연꽃이 고개 떨구는 모습을 보러 갔다.
올여름엔 내 마음이 연꽃보다 먼저 하락하는 바람에
세상을 버리는 것들에 대한 것은 쳐다보기도 싫다.

여름의 지루한 시간을 다른 곳에서 보내고 왔는데도
마음은 아직도 풀어내지 못한 실뭉치처럼 이리저리 헝클어져 있다.
세월 속에서 날개를 단 시간은 빠르게 절기를 넘기고 있는데
내게 던져진 삶과 이별에 대한 화두를 풀기에는
많은 시간이 필요한 듯하다.

바짝 마른 채 웅그린 연꽃 차를 백자 대접의 물에 띄운다.
마른 연꽃이 물 위에서 몇 바퀴 빙그르르 돌더니 몸을 풀다.
연꽃의 춤이 끝나면 연꽃의 향기가 침착하게 퍼지는데
내 마음은 그 향기를 담지 못하네!

# 다행이다

저녁 식사 준비를 하는데 후배의 다급한 전화가 왔다.

"저 팔이 부러졌어요. 그래서 선생님 댁 앞에 있는 병원에 입원했어요."

아니 이런 날벼락 같은 일이! 밤새 안녕이라 하더니!
나는 저녁 식사 준비를 마치고 후배의 저녁 식사를 챙겨서 병원으로 갔다.
부러진 팔을 수술까지 해야 한다니 큰일이다.

후배는 팔이 부러져 울상인데 나는 그런 후배를 보고 웃음이 나왔다.
후배는 나를 따라 학교를 일찍 명퇴하고 남편과 놀러 다니는 중이다.
어제도 부산으로 놀러 갔다. 그리고 여행 사진을 보내왔다.
부산서 찍은 사진을 보며 나는 우스개로 말했다.

"얘! 너희 그러다가 막내가 생기는 것 아니니? 오십 살의 신혼여행 같다."

오십 후반과 환갑인 후배 부부는 푸른빛의 청년들처럼
배낭을 메고 해외와 우리나라를 여행하면서 사진을 찍어 보내왔다.

남편의 사진을 찍어주려고 뒷걸음질 치다가 넘어져 팔이 부러진 것이란다.
부산을 소란스럽게 하고 서울로 상경하여
바로 병원에 입원하여 온갖 검사를 다 마치고 기진맥진해 있는 후배다.
저녁을 먹이고 토닥토닥 안아주고,
잘 자고 내일 수술도 잘 받으라고 위로하고 병원을 나오는데
가을 장맛비가 폭우로 변해 한 성질냈다.

살아가는 일에는 언제나 예측불허의 일이 빈번하게 일어나는 듯하다.
후배의 불행도 그만하길 다행이지.
머리도 허리도 다리도 아닌 팔이 대신 희생한 것이니 다행이지.

## 7

와트만지에 아크릴 물감

멀리 전깃줄 위로 새 한 마리가 난다.
겨울이 선보이는 해는
아무리 붉은 옷을 걸쳐도 보는 마음은 춥다.

눈을 살그머니 뜨고 해를 바라보았더니
겨울 해 가운데 구멍이 뚫렸다.

그 뚫어진 구멍 사이로 어릴 적
추위를 모르고 놀던 동네의 전봇대가 보인다.

추위도 모른 채
온종일 밖에서 놀던 때가 바로 어제 같더니만!

# 고드름

**어릴 때의 추억을 만나다.**

고드름 사이로 보이는 도시의 풍경은 고요하다.

밤의 시작은 긴 여행의 시작처럼 때로는 우울하고 불안하지만
때로는 어머니의 뱃속에서처럼 편안한 안식을 안겨 주기도 한다.

밤의 어둠에 도시도 맥을 놓고 스르르 잠이 드나 보다.

저렇게 굵게 자란 고드름을 보면
어릴 적 한옥 지붕 밑으로 길게 자란 고드름을 따서
아이스케이크를 먹듯 돌려가며 빨아 먹던 생각이 난다.

수수께끼를 읊조리며

"위로 자라지 않고 거꾸로 자라는 것은?"

알면서도 모르는 척하면서 가장 잘 자란 고드름 따기를 했다.

동생을 엎드리게 하고,
동생의 등을 밟고 올라서도 손이 닿지 않던 고드름.

우리들이 고드름을 따다가 다치기라도 할까봐서
잘 다듬어진 단도 같은 고드름을 엄마는 긴 빗자루 끝으로
툭툭 치며 땅으로 버리셨다.
우리는 엄마를 원망의 눈으로 봤다.

해가 떠서 혹 고드름이 녹아 사람을 다치게 할지도 모른다는
엄마의 걱정에 우리 집 추녀 밑의 고드름은 남아나는 것이 없었다.

굵은 가래떡처럼 도막이 난 고드름을 손등에 올려놓아 보기도,
장난기가 발동되면 친구나 동생의 등허리에 밀어 넣기도 했다.

**어릴 때의 추억을 바라보다.**

밖으로 향한 창문을 열면 추녀 끝에 매달려 있던 고드름.
그 고드름의 투명함과 굵기를 보면서
그해의 겨울 추위를 일러 주시던 엄마가 계셨다.

어머니가 가신 뒤엔 좀처럼 단도 같은 고드름을 볼 수가 없다.
그러다가 지난겨울 아들 방 서쪽 창 밑으로 고드름이 자랐다.
아들이 호들갑스럽게 나를 불렀다.

"엄마! 우리 방에 와 보셔요.
 창을 여니 저 고드름이~~ 우와~~!"

아들과 나는 아주 오랜만에 신기한 구경을 했다.

**어릴 때 추억이 사라지다.**

멀리 동쪽 창으로 아침 해 오름을 바라본다.
하루의 시작과 끝이 같은 하늘로 번진다.
그 느낌은 다르지만 해의 오름과 내림이다.

지난밤 해 내림을 바라보며 어둠이 도시를 감싸 안는 것을 본다.
해 내림을 바라보던 창을 뒤로 하고 하늘을 보니
어느새 어둠을 한 꺼풀씩 벗어 버리고 있는 하늘이 보인다.

투명하게 보이던 고드름이 분홍빛으로 서서히 물드는 모습이 아름답다.
살아가는 일도 생각에 따라 여러 빛깔의 느낌을 채색할 수 있는 것.
오늘은 무슨 색으로 시작해 보는 날로 정할까!

아주 굵은 붓 한 자루를 들고
하얀 종이 위에 하늘의 붉은 빛을 푹 늘러서 그려본다.

## 8

돌에 조각도로 방각하고 잉크로 갱지에 찍음

비스듬하게 토막이 난 돌
작은 돌 위로 미세한 균열이 퍼져 있다.

어쩌면 우리의 삶도 알 수 없는 잔 균열이 번져 있을 수도 있다.
그래서인지 누군가가 조금만 툭! 건드려도
자잘하게 부서지는 감성을 지니고 살아내는지도 모른다.

바위와 달 속에서는 이미 봄이 몸부림을 치기 시작했다.
봄이 가득 찬 자연 안에서는 무슨 일이 일어나고 있을까?

돌을 다듬고 작은 돌 위에 산과 달과 나무와 새를 담는다.
새는 어물쩍대다가 달에 갇힌다.
해를 따라 달 밖으로 나오려 몸부림치지만 달이 놓아주지 않는다.
달도 외로운가 보다.

내가 안으려 하면 봄이 아주 저 만큼 멀리 달아나는 것도
눈치채지 못하고 절기마다 언제나 혼자의 생각으로 상처받는다.

# 가겟집 지붕 위의 고양이

이른 아침 출근길에 이웃집 가게 지붕 위에 앉은 고양이를 본다.
무엇을 기다리느라 저렇게 두리번거리며 수줍어하나!

조심스럽게 다가서서 사진을 찍었다.
고양이가 놀라 나를 피해서 달아날 줄 알았는데
너무 당당한 포즈에 오히려 내가 더 놀란다.

너무 진지하게 지붕을 지키고 있는 고양이가 가게의 주인 같다.
가겟집 할머니가 볕과 바람에 말리는 생선을 기다리는가!

팔기 위해 말리는 생선 한 개를 고양이가 물고 지붕 밑으로 사라져도
할머니는 생선 숫자를 세어보지도 않으시는지 모른 척하신다.

가겟집 할머니에게 도둑고양이의 행각을 이야기하면
할머니는 늘 하시는 말씀이 있으셨다.

"내 눈으로 보지 않았으니 모른다.
 생선은 넉넉하니 나눠 먹어도 된다."

연세가 많으신 가겟집 할머니는 작은 가게를 하면서 혼자 사신다.

한 마리의 도둑고양이
털은 검은빛이지만 삶의 열정은 너무 뜨거워
붉은 눈빛을 내뿜나 보다.

까만 기와지붕을 파도처럼 타고 넘는 검은 고양이는 유연하다.
내 시선은 고양이를 따라가다가 그만 놓치고 말았다.
이제는 시선마저도 느리고 게으르다.

## 9

와트만지에 복합재료

지난날에 대한 기억은 누구나 다 아련하고 그립다.
그 추억이 좋은 것이든, 나쁜 것이든 지나고 나면 다 그립다.
그래서 옛날부터 어른들이 하시던 말씀이 있다.

"시간이 지나면 다 해결된다. 시간이 약이다."

요즘 내가 그 말을 종종 쓴다.
세상에 소중하지 않은 기억이 없으며, 쉽지 않은 것도 없다.
이 느낌을 감지하기까지 긴 시간을 추억 속으로 들락날락한다.

그림 속에서는 못 할 말이나 비밀이 없다.
그러기에 난 그림 그리는 일을 좋아한다.
평소에는 사용하지 않던 재료를 써서 그림을 그렸다.
그러고는 그림이 다 마르기를 기다리는 마음은
어린 시절의 설렘 같은 것이다.

# 그때 그 느낌은 누구의 것일까?

어린 그 시절의 기억은 언제라도 좋다.
아무리 추운 날에도 검은색 빠이로 외투 입기를 거부하고
교복만 달랑 입고 다녀도 춥지 않던 시절.

귀밑 2㎝ 단발머리를 조금이라도 길게 기르고 싶어서
머리핀으로 온갖 마술을 부리며 머리를 추켜올려
무너져 내린 계단처럼 층지는 머리도 멋있고 애교스럽던 시절.

빈 화구박스가 금고라도 되는 듯 폼나게 들고 다니다가 실수로 박스가 열려
그림 도구 대신 도시락과 손거울이 튀어나와도 민망하지 않던 시절.

까만 스타킹 밑으로 하얀 양말을 돌돌 말아 신고 등교하다가
규율부 선생님에게 걸려도 애교 넘치는 웃음으로 살살 빌어도
부끄럽지 않던 시절.

수학여행에서 친구들과 밤새워 수다 떨고 놀다가
불국사의 석굴암 구경을 못하고 집으로 돌아와서
가족들에게 불국사를 본 듯 열띤 설명을 하던 시절.

짝사랑하던 영어, 국어 선생님을 한 번이라도 더 보려고
용무 없이 교무실 근처를 서성거리다가
노처녀 가정 선생님에게 출석부로 머리를 맞아도 신나던 시절.

그림 그린다고 늦게까지 화실에 남아 남학생들과 생라면 부셔 먹으며
비운의 무명 화가라도 된 양 신세 한탄해도 그 모습이 청승맞지 않던 시절.

화실의 대학생 언니들 미팅하러 가는 것 구경하며 늘 침 꼴깍 삼키다가
미팅 파트너의 대타로 나가 진짜 대학생 뺨치게 연기하고 돌아와
미팅 파트너 애간장 녹이다 걸려도 전혀 미안하지 않던 시절.

내 방의 벽이란 벽에 틈 하나도 남기지 않고

  "마음잡고 공부하자!!"
  "작심삼일 웬말이냐!!"

구호를 빽빽하게 붙이고 만족해하며 읽다가 잠들어도 당당하던 시절.

나의 굳은 결심의 단호함을 보여도 절대로
믿지 않으시던 부모님의 의심에도 결백한 척하던 시절.

뒤돌아보고픈 시절을 생각하는 것은 언제라도 좋다.
우리에게는 돌아가고픈 시절이 늘 마음 한구석에 자리 잡고 있다.

아침마다 어깨 흔들어 잠 깨워 주시는 엄마의 목소리가 있으면 좋고,
늦은 귀갓길, 버스정류장에서 나를 기다리시던 아버지의 널찍한 어깨와,
가방을 들어 주시던 듬직한 손을 흔들어 보이시던 아버지의 반김이 좋고,

동생과 이불 한 자락 더 빼앗아 덮고 자려고
옥신각신하다가 토라져 잠들었어도 다음 날 아침이면 '언제 싸웠냐는 듯'
말간 얼굴로 배시시 웃던 착한 동생이 있어서 좋고,

"순영아! 학교 가자."

아침마다 온 동네를 시끄럽게 뒤집어 놓으며
내 이름을 크게 부르던 목청이 큰 친구가 있어서 좋았던 때.

아주 잠시 낮잠을 자고 난 것 같은데
나와 함께 있던 이들이 하나둘씩 자취를 감추었다.

〈눈먼 할머니와 의사〉의 우화처럼 잠에서 깨어 눈을 뜨니
내게 살갑던 이들이 모두 어디론가 가 버렸다.
가끔은 나 섭섭하지 말라고 꿈에서 모습들을 보여주곤 하지만
다시 낮잠을 자고 난 듯, 늘 허망한 잔영만 남는다.

온 세상에 나 혼자인 듯 고적함에 가슴이 아린다.
마음이 이유 없는 그리움으로 서글픈 날이 자꾸 짙어진다.
엄마는 불교 경전을 읽으시거나 염불하시면서
마음속에 찌꺼기처럼 남겨지는 서글픈 마음을 다독이셨을까?

아버지는 고향 진주에 계신 노모에게 전화를 걸어
낯선 경상도 사투리로 '어무~이' 하고 불렀을까?
나도 가끔은 엄마를 흉내 내어 경전을 읽고, 염주도 돌리곤 한다.
그러나 나의 긴 그림자처럼 나에게 많은 위로를 준 이들은 이제 없다.

이제는 절대로 통화가 되지 않는 전화기라도 들고
낯선 방언으로 '엄니'를 부르고 싶다

## 10

종이에 복합재료

세상은 자연이 그려주는 색으로 꽉 채워진다.
자연의 절기 속에 묻힌 작은 집은 적막이다.

나무 위를 돌던 새들은 다 어디로 갔을까!

기다려도 돌아오지 않는 것들을 기다리는 것에 대한
쓸쓸함은 누구도 알아채지 못한다.

세상에 당연한 것은 아무것도 없다.

# 오래되고 낡은 물건들(古物)

내 집에는 내 손때가 묻은 낡은 물건들이 많다.
내 손때로는 부족해서 내 부모님의 손때 묻은 물건들도
내 집안의 구석구석에 자리 잡고 있다.

여동생이 비행기 승무원을 하면서 가져온 기념품들도 꽤 많다.
어머니의 어머니가 쓰셨던 싱거 앉은뱅이 손재봉틀.
아버지의 문방사우들.
나의 시어머니께서 주신 여러 종류의 유기그릇들.

내 유아기 때부터 쓰던 그림 도구들 중에서도
오래된 녹슨 철 팔레트와 화폭에 몸 비벼 비스듬해진 붓들.
아버지 해외 출장 때마다 사다 주신 각 나라의 열쇠고리들.
지아비의 중고등학교 다닐 때의 교포와 공책들 그리고 앨범.
거기에 내 아이들의 성장을 고스란히 지켜보던 물건들로
우리 집은 고물상⑺을 방불케 한다.

한번 내 손에 들어 온 물건들은 수명을 다해
더 이상 쓸 수가 없게 되어야만 쉴 수 있으니
나와 인연을 맺는 물건들은 참으로 고단하다.

20년을 쓴 전자레인지도 드디어는 눈을 감았다.
서비스센터에서 더이상은 고칠 수가 없다며 고개를 흔들고
우리나라에 '전자레인지'란 이름을 달고 나온 최초의 물건이다.

직사각형의 상자처럼 생긴 물건이 신기했고,
제부가 회사에서 받은 판매 할당량이 있다고 하길래
사용 용도도 잘 모르는 체 모험으로 샀던 전자레인지였다.

꽝~~꽝 돌처럼 언 백설기를 사르르 녹여 먹는 광고에 반해서,
찬밥을 휘~~이 한번 돌리고 나면 김이 무럭무럭 나는 새 밥으로,
새벽에 깨어나 우유 달라고 조르는 아이의 찬 우유를 데우는 일이
마술처럼 이루어지는 아주 긴요한 생활필수품이다.

전자레인지의 기능이 단순하여 주로 음식을 해동하거나 데우는 일에만 썼지만,
내 전자레인지는 정말 요술쟁이였다.
그동안 기능이 좋은 전자레인지가 너무도 많이 나왔고,
그때마다 주변 사람들은 새 기능의 전자레인지를 나에게 권했다.
새로운 물건에 정을 주고 내 손에 익숙해질 때까지의
변덕은 참으로 의심과 망설임이 많다.

그러기에 나에게 꼭 필요한 물건이 아니면 내 것으로 만드는 데
관심과 정을 쉽게 주지 않는다.
오래되어 낡은 물건들
서로에게 익숙해져 편안해진다는 것
그것은 사는 일이 여유롭고 편해진다는 뜻이겠지.

나이의 연륜에 맞게 갖추어진 물건들이 더 넉넉해 보이는 것
아마도 내가 나이를 먹고 있다는 증거인가 보다.
누군가가 이런 말을 한다.

"며느리가 들어오면 다 버릴 물건들.
 요즘 젊은 사람들의 눈에는 다 고물로 보이는 것이니
 나중에 며느리가 버리기 전에 당신이 다 정리하고 며느리 맞이하셔요."

나도 며느리인데

우리 시어머니께서 주시는 물건은 모두 간직하고 있는데,

이가 빠진 접시며 너무 무거워 팔목이 시큰거리는 냄비며

시어머니께서는 둘째 며느리인 나에게 오래된 물건을 주시면서

그 물건에 담긴 추억들을 백 번쯤 이야기하신다.

백 번이 넘게 이야기하셔도 나는 매번 새로 듣는 것처럼 신기해한다.

"어머! 그랬었나요?"

20년이 된 전자레인지를 밖으로 내보내는 날.

섭섭한 마음에 가슴이 허전했다.

나이가 너무 많아 쉬고 싶다는 낡은 전자레인지보다

더 작고 예쁜 새 전자레인지가 그 자리를 다시 차지했지만,

새 전자레인지를 볼 때마다 괜스레 마음이 불편하다.

새 전자레인지가 꼭이나 새엄마 같다는 생각에!

## 11

두툼한 수제 한지에 펜과 수채물감

추운 용문산 벌판에 서서 은행나무의 용트림을 그렸다.
얼마나 추웠는지 함께 간 친구는 경내를 빙빙 돌고 돌다.

장갑을 낀 내 손은 매서운 추위로 손끝이 아려왔다.
그래도 노랬던 잎을 다 벗어 버린 은행나무는
진솔한 모습 자체로 너무 아름답다.

은행나무의 사랑이야기를 좋아한다.
그래서 잎이 무성한 은행나무를 그림 속에 담는다.

# 겨울에 용문사를 다녀오다

꼭 서로가 바라보아야만 사랑을 이룰 수 있다는 은행나무.
용문산의 은행나무들은 모두 경내 앞에 서 있는
수령 천 년의 은행나무를 향해 경배하듯 서 있다.

아직도 사랑을 기다리는 중이라는 천 년의 사랑.
은행나무의 겨울나기를 바라보며 추위 속에서
나도 천 년의 은행나무를 경배하며 그림을 그린다.

은행나무는 물기 어린 그윽한 눈빛으로 나를 내려본다.
언 손을 비비면서 경내에 서서 마신 차.
차의 향기와 온기가 몸으로 퍼지면서 작은 행복을 준다.
행복은 참으로 작은 행위에서도 오는 것 같다.

은행나무를 곁에 두고 천 년의 시간만큼 오래도록 걸었다.

눈으로 살짝 언 숲길을 걸으며 넘어지지 않으려고 안간힘 쓰는
내 어리석음을 탓하기라도 하는 듯 자연은 이미 봄을 부른다.
얼음으로 덮인 폭 좁은 도랑의 물소리가 힘차게 들린다.

마른 나뭇가지 끝에 부풀어 오르는 새싹들은
봄까지 조용하고 은밀하게 기다리겠다고 다짐한다.
하얗게 언 양수리 강을 바라보니 해가 지는 한강의 노을은 덤이다.

라디오에서 흐르는 〈사랑으로〉의 노래를 열창했고,
내 겨울 스케치 여행은 사랑 타령을 하면서 이렇게 끝났다.

2008년 겨울에 용문사엘 다녀오다

## 12

와트만지에 복합재료

아득한 그 예전 어디였나!
어스름하게 밝아 오는 어두워지는 하늘을 바라보며
내가 좋아하던 이를 눈 시리게 기다리던 시절이다.

늘 '아버지'라고 부르다가 혼자 입 속으로 '아빠'라는 말을 써 본다.
내 어릴 적, 내가 어른이 되어도
나에게 유일한 등걸이의 남자는 아버지뿐이었던 것 같다.

아버지를 생각하면 늘 어리광이 생긴다.
내가 아무리 나이를 먹어도 내 마음에 남아 있는 아버지는
언제나 한 모습이다.

날 무조건 믿어주고 나를 많이 사랑해 주시던 아버지.
그런 아버지의 모습은 언제나 산이고, 강이며 내 안식처였다.

지금도 마음과 몸이 힘이 들어 쉬고 싶다는 생각을 하면
아버지의 넓은 가슴과 등을 생각한다.

그러면 어느새 고단한 영혼에 딸려 쪽~빠지려던 기운이 다시 생긴다.

# 아버지의 선물

## 나를 울린 크리스마스트리 모양의 브로치

나 어릴 적, 아버지는 공무차 사업차 미국에 자주 가셨다. 귀국하실 때는 내 눈이 휘둥그레할 선물들을 사 오셨다. 내게는 그림을 그린다는 이유로 물감이나 붓 미술 용구가 최고의 선물이었고, 다른 사람에게는 한국서는 보기 힘든 작은 물건들을 선물로 사 가지고 오셨으니, 아버지의 물건 보시는 안목은 미적 수준을 넘어선 명장의 눈이셨다.

아마 그 크리스마스트리 브로치도 연말 즈음일 것이다. 아버지의 귀국이 반가웠던 것보다 아버지 가방에 들어있던 선물에 관심이 더 많았던 나. 비행기를 타고 다니면 가방에서 나는 아주 특이한 냄새가 있었다. 그 냄새를 좋아했다. 학교 갔다가 돌아와도 아버지의 귀국은 아버지를 보지 않아도 아버지 짐에서 나는 그 특이한 냄새로 알았다. 나는 그 냄새를 '미국 냄새'라고 불렀다.

엄마는 그 냄새를 싫어하셔서 아버지의 빨랫감부터 꺼내 놓으시려 하는데, 그런 엄마를 제치고, 아버지를 졸라 아버지의 선물꾸러미를 제일 먼저 찾아내곤 했다. 그날도 다른 날과 같이, 아버지는 가방에서 꺼낸 선물들을 방바닥에 늘어놓으셨다. 엄마 것은 주로 향수나 화장품, 내 동생들 것은 장난

감이나 털 구두 혹은 동물 털로 만든 모자 등. 내 것 언제나 훅!!! 헐 또 물감이나 곡선이 멋진 팔레트. 또 누구 것. 누구 것. 아버지의 선물 챙기기는 거의 산타 수준이셨다.

그런데 그날은 내 눈에 확 들어오는 물건이 있었다. 아버지가 엄마의 향수 선물 대신 사 오신 물건이 있었다. 몽실몽실하고 부드럽기가 비단 같은 까만색 비로도 주머니에서 조심스럽게 꺼내시는 오색 찬연한 크리스마스트리 모양의 브로치. 우와! 눈이 부시게 아름다운 브~로~치. 초록색 보석 사이사이에 박혀 있는 아주 작은 온갖 색의 보석들. 수백 개의 작은 오색등이 달린 것 같은 브로치를 보는 순간 난 숨을 쉴 수가 없는 감격스런 느낌에 숨이 멎는 줄 알았다.

크기는 작은 손거울 정도로 크리스마스트리 모양이었다. 내가 태어나서 처음 보는 황홀한 물건이었다.

그 시절만 하더라도 크리스마스는 나라의 전력 사정이 좋지 않았던 시절이었기에 나구 큰 교회나 성당이 아니고는 초록 나무 트리에 오색 깜빡이 전구를 매달아 장식하는 곳이 없었다. 전구를 단다고 해도 지금처럼 불이 자유자재로 요란스럽게 물결치듯 불이 들어오는 것이 아니고 껌~뻑 껌~뻑 하는 정도였다. (트리도 인조 나무 트리가 없어서 주로 교회 마당에 있는 나무에 솜을 얹고, 반짝이 끈을 달고, 우리들이 만든 버선 모양, 종 모양, 산타 모양의 그림 등을 매달았다.)

일 년에 한 번 보는 크리스마스트리의 오색 깜빡이등을 닮은 브로치. 나는 아버지에게로 바짝 다가앉았고, 그 브로치를 만져 보면서 말했다.

"아버지! 아버지! 이것은 엄마 것이에요?"
"그렇단다. 진짜 보석은 아니지만 정교하게 아주 잘 만든 브로치다.
 당신의 비로도 한복에 달면 아주 예쁠 거요."

브로치를 건네주는 아버지도 받는 엄마의 모습도 모두가 환한 얼굴이었다. 나만 늘 물감과 팔레트야! 훌쩍훌쩍……. 그날 이후 엄마의 브로치를 거의 매일 꺼내 보았다. 그리고 엄마와 약속을 했다.

"엄마! 내가 크면 이 브로치 꼭 나 줘야 해! 약속. 약속."
"그래. 그래. 알았다. 너 주마!"

난 그 브로치가 없어질까 봐서 엄마의 서랍을 꼭 잠갔다. 물론 장롱이나 서랍 속을 뒤지다가 혼이 나기도 여러 번이지만, 혼나는 일이 문제가 아니었으니……. 어떤 목표 달성에 대한 끈질긴 집념이 아마도 어릴 적부터 그런 모습으로 키워졌었나 보다. 엄마가 브로치를 달고 외출을 하시면 내 것이라도 된 것처럼.

"엄마. 잃어버리지 않게 조심하세요."

그런데 공부하느라 한동안 잊고 살았다. 중학교 다닐 때까지만 해도 늘 내가 관리하다시피 했다. 고등학교 가서 공부가 바빠지고 딴 곳에 신경 쓰느라고 엄마의 그 보석 브로치를 그만, 말도 안 되게 까맣게 잊고 있었다.

그러던 어느 날 내 사촌 언니가 그 브로치를 가슴에 달고 집에 왔다. 내 눈을 의심했던 사건이다. 어떤 연유에서 그 브로치가 언니의 코트 위에서 반짝였는지!

엄마의 신임을 돈독하게 받던 언니. 우리 집에서 내 동생을 키우다시피 하면서 엄마를 도와주던 언니였다. 몸이 약한 엄마에게 언니는 보호자 이상의 내조자였다. 내 어린 동생 둘을 업어서 키웠던 언니였다. 그 언니가 결혼하면서 그 결혼 선물의 일부로 '크리스마스트리 브로치'가 딸려갔던 것이다. 엄마의 마음도 유쾌하지는 않았으리라.

그러나 우리에게 유모와 같았던 그 언니가 나만큼이나 브로치를 탐냈던 것 같다. (내가 노래를 부르다시피 좋아한 사실을 알고 계셨지만, 아마도 언니에 대한 답례의 마음으로 그 브로치를 내어 준 거 같다.)

이렇게 해서 내가 광적으로 좋아하던 브로치는 내 눈앞에서 사라졌다. 훗날 언니에게 그 브로치를 얻어 볼 심산으로 온갖 애교를 다 떨었다. 그런데 언니는 그 브로치를 잃어버렸다.

어느 해 성탄절. 교회로 예배보러 갔다가 많은 사람들 사이에서 잃어버렸단다. 말도 안 되는 사건이야! 엉엉! 엄마도 미워! 언니도 미워! 그 충격으로 여러 날 식음을 전폐하다시피 했고, 배신감에 울었던 기억이……

아버지께서 그런 내 마음을 아시고 '크리스마스트리 브로치'를 사 주시기 위해 무척이나 애를 쓰셨는데도 그 브로치와 같은 것을 볼 수가 없었다. 나도 어디를 갈 때마다 눈을 비비고 찾아보아도 내가 본 그 브로치는 없었다. 오직 내 마음에만 남아 있을 뿐이다.

어릴 적 마음에 담고 있던 작은 브로치 한 개가 나에게 희망과 좌절을 동시에 준 사건이다. 그 후, 밤거리에서 빛나는 오색 불빛만 보면 가슴이 아리면서 그 브로치 생각에 가슴이 미어지며 눈물이 난다. 세월이 많이 흘렀어도 크리스마스 때가 오면 아직도 눈물이 난다. 그래서 지금도 밤하늘에서 터지는 불꽃놀이를 보면 가슴이 짠하다. 광고로 밤하늘에 쏴 올리는 분수처럼 퍼져 있는 불꽃놀이를 보면, 백화점 앞의 쇼윈도에서 터지는 작고 예쁜 불꽃을 보면, 내가 그렇게도 좋아하던 트리 모양의 그 브로치가 생각난다.

그 트리 모양의 브로치에 대한 기억은 아주 오래전의 이야기다. 그래도 아직 내 눈에 생생하게 남아 있는 그 브로치의 모양을 그릴 수가 있다. 한번 마음에 두면 그 정을 모질게 잘라내지 못하는 나. 난 바보인가 봐! 어둠에서 바라다본 롯데백화점의 불빛 트리를 보고 잠시 마음이 흔들렸다. (다음에는 화폭 가득하게 그림으로 그려 봐야겠다.) 그럼 내 마음에서 떠나가겠지!

막히는 차 속에 앉아 백화점에서 반짝이는 트리를 보면서 눈시울을 적시면서 아버지와 브로치를 생각했다. 다시는 생각하지 말자고 했었는데 왜 또 그 '크리스마스트리 모양의 브로치' 때문에 마음이 아팠는지!
내 어린 딸에게 말을 했더니 돌아온 대답이 걸작이다.

"엄마. 그림으로 그려 주시면 제가 만들어 드릴게요. 예전보다 비쥬 구슬이 더 예쁘니깐 내가 잘 만들어 드릴 수 있어요. 그러니 이제 그만 할머니와 그 브로치 잃어버린 이모를 용서하세요."

내 마음이 나이 어린 딸의 마음보다 더 옹졸할 때가 많은 것 같다.

"딸아! 엄마는 말이다.
그 브로치에 대한 추억과 사랑이 그리운 것이란다."

누구에게나 가슴에 사무치는 한 가지씩의 추억은 남아 있으리라!

〈2007년에 쓴 글〉

## 13

와트만지에 아크릴 물감

가을에 가장 잘 어울리는 색이 무엇이냐고 묻는다면
망설이지 않고 말할 것이다.

홍시의 달콤한 '주홍빛'이라고.
초겨울 하늘을 서서히 물들이는 노을의 '주홍빛'이라고.

겨울이 짙어질수록 하늘을 덮는 노을의 빛은 홍시 빛이다.
우리 동네의 감나무에도 감나무의 가지가 늘어지게 감이 달렸다.

서서히 주홍빛으로 익어가는 감을 나와 까치가 바라본다.

# 울 엄마와 홍시

겨울이 시작될 즈음이면 동네 과일 가게에는 홍시가 얼굴을 보인다.

손끝이 스치기만 해도 툭 터져 버릴 것 같은 빨간 모습이
너무나도 애처롭게 보이기에 만져 보지도, 시선을 오래 주지도 못한다.

울 엄마가 제일 좋아하는 과일이 있다면
늦가을에 선보이고 겨울이면 마술처럼 사라지는 홍시다.

지금이야 그 어떤 과일도 계절을 파괴하여 어디에서나 구할 수 있지만,
내 어릴 적엔 아니 불과 20여 년 전만 하더라도 홍시는 귀한 과일이었다.

사르르륵 얇은 껍질이 햇볕에 탄 살갗이 벗겨지듯 얇고 투명하게 벗겨진다.
탱탱하고 동그란 모습의 홍시는 자다 깬 아이의 빠알간 볼 같기도 하고,
가슴이 봉긋하게 오른 숫처녀의 떨리는 젖가슴 같기도 하다.

그러나 내 어릴 적엔
지금처럼 말랑말랑하고 주홍빛 고운 홍시가 흔하지만은 않았다.

가을이 익어 갈 무렵 우리 동네 낙산과 돈 바위산의 감들은
파란 하늘에 붉은 땡땡이무늬를 수없이 찍었다.
그래도 내 눈에는 그 땡땡이무늬의 감이 모두 그림의 떡으로만 보였다.

내 머리에 남아 있는 기억 속의 감은 언제나 떫은맛의 감이었다.
한 입 베어 물면 입 안 가득 떫은맛이 번져
아무리 양치질을 해도 진저리가 쳐지던 푸르뎅뎅한 감이다.

그러나 내 생각과 다르게 그림의 떡으로만 알던 감을
엄마는 아주 정성스럽게 닦으시고,
투박한 소금 독 안의 소금물에 담가
이불로 둘둘 말아 두고 겨울의 해그림자가 길어지기를 기다리셨다.

그리고 미처 독으로 들어가지 못한 감은
까마득하게 잊어버리기라도 한 것처럼 구멍이 듬성듬성한
싸리 소쿠리에 담아 바람이 잘 통하는 다락 창가에 두셨다.

겨울이 무르익어 먹을 것이 궁해져 코를 킁킁거리면서 군것질을 조르면
엄마는 다락에 버려둔 듯 싸리 소쿠리 속의 감을 우리에게 내놓으셨다.

껍질이 거북이 등짝처럼 두꺼워서 수저로 파먹어야만 했다.
게딱지 속을 파먹듯 알뜰하게 먹어야 하는 감이지만 그 맛은 최고였다.

소금 물 독에서 빠져나온 감도 혀가 아리는 짠맛을 가지고 있었지만
신기하게도 떫은맛이 어디론가 다 사라진 멍든 감이었지만 맛있었다.

긴 겨울을 기다리면서 싸리 소쿠리에 담아 두지 않아도
소금물에 뜨지 않게 담가서 이리 돌리고 저리 돌리지 않아도 될 감이
요즘엔 마음만 먹으면 인터넷으로 주문하거나 전화 한 통이면
시도 때도 없이 달고 맛있는 홍시를 집에 앉아서 편하게 받아먹을 수 있다.

엄마가 어디에 계시든 택배비만 주면
울 엄마가 그렇게도 좋아하시던 홍시는 바다를 건너
산을 넘어서도 간단다.

나 이제 엄마에게 홍시를 사 드릴 수 있는 돈도 있고
홍시를 엄마에게 상처 없이 곱게 벗겨드릴 요령도 생긴 나이다.
그런데 홍시를 좋아하시던 엄마만 영영 안 계시니 어쩌나~~~!
혹 택배비를 따따블로 주면 저 하늘나라에까지 배달이 될라나?
잠시 멍청한 생각을 하면서 혼자 웃고 있다.

〈2005년에 쓴 글〉

## 14

머메이드 종이에 복합재료

아버지는 초록색을 좋아하셨다.
아버지를 먼 바다로 보내드리고 온 날
바다는 파란색이 아니고 초록색의 정자나무 같았다.

바람이 불고 비가 오는 날이면 아버지는 바다를 건넌다.
그러고는 잎이 무성한 정자나무에서 우리를 바라보신다.

초록색이 짙은 여름날
새들은 마주보며 무엇을 나누는 것일까!

# 아버지와 면도

아버지는 거의 아침마다 면도를 하셨다.
내 방에서 밖을 내다보게 한옥의 방문에 붙여놓은 작은 유리로
아버지의 면도 전 예술을 지켜보던 일은 감동이었다.

내 방 옆 기둥에 매어 놓은 소가죽 혁대에 면도칼 가는 소리가 들리면
아침잠에서 깨어나곤 했다.

아버지는 '나는 남들보다 수염이 더 잘 자란다' 하시면서
그 송곳 같은 수염의 얼굴을 우리들 볼에 비비시려고 하면
우리 삼 형제들은 모두 다락으로 뛰어 올라갔다.

다락으로 뛰어 올라가는 우리들을 웃음으로 보시고는
아버지는 상아로 만든 손잡이의 면도칼을 가죽 혁대에 다듬으셨다.

아버지의 면도칼 다듬으시는 솜씨는 거의 예술이었다.
긴 가죽 혁대를 한 손으로 잡으시고는 아주 천천히 밑에서 위로,
그러고는 칼날의 방향을 바꾸어 위에서 아래로
아주 빠르고 신속하게 칼을 다듬으셨다.

이런 왕복 칼 가는 일을 여러 번 한 다음에는 칼날이 제대로 섰는지
손끝으로 칼을 살살 만져 보셨다.
혹 면도칼에 손을 베이시면 어쩌나 하며 아버지를 지켜볼 때마다
숨을 멈추고 침을 꼴깍 삼키기도 했고,
너무 긴장하여 밖을 내다보는 내 모습을 아버지에게 들킬까 봐
방문에 달아 놓은 작은 유리창에 눈의 한쪽만 대고 보던 기억이
아직도 생생하다.

칼 갈기가 다 끝나면 아버지는 작은 솔에 비누를 듬뿍 묻혀서
뱅글뱅글 돌리면 작은 솔엔 솜사탕과 같은 하얀 거품이 가득 생겼다.
그 비누 거품을 얼굴에 바르시면
아버지의 모습은 꼭이나 겨울의 산타 할아버지를 연상시켰다.

노란색 놋대야에 하얀색 안개 같은 김이 모락모락 나는 더운물이 들어 있었다.
엄마는 면도하시는 아버지 곁에 다소곳하게 서서
제일 두툼한 수건을 두 손으로 지극하게 들고 계셨다.

날이 시퍼렇게 선 면도칼로 능숙한 솜씨의 면도를 시작하셨다.
칼이 지나간 자리의 아버지 얼굴은 파르스름한 색을 띤 모습으로
낯설었지만 너무 상쾌해 보였다.
너무나 잘 생기고 근사하신 울 아버지의 모습에
집이 다 환해 보이는 순간이었다.

아버지의 면도하시는 모습이 어찌나 멋있게 보였던지
내가 남자들을 만나면 제일 먼저 남자들의 턱을 보는 습관이 생겼다.
그러나 아버지처럼 수염이 송곳처럼 뾰족한 남자를 본 적이 없었고
면도 후 아버지처럼 잘 생긴 남자를 본 적이 없다.

아버지의 면도는 내가 어른이 되어도 계속되었고,
엄마가 돌아가신 후에는 아버지도 전기면도기를 사용하셨는지
집에서 더 이상 면도 칼날 다듬기를 하지 않으셨다.

아버지의 유품 안에 들어있는 상아 손잡이의 면도칼과 상아 거품 솔.
(소가죽 혁대는 아마도 다 닳아 없어졌을 것이고)
면도칼과 비누 거품 솔엔 아버지의 추억과 내 추억이 고스란히 들어있다.

아버지에겐 어렵던 미국 유학 시절 쓰시던 물건들이라 향수를 불렀을 것이고,
나에겐 아버지를 내내 생각할 수 있는 물건들이라 향수를 불렀다.
그러기에 지금도 넓적한 소가죽 혁대를 보면
아버지의 면도 전 예술이 생각난다.
그리움은 늘 작은 기억에서부터 연기처럼 피어오른다.

# 궁시렁

내 어릴 적의 집을 그림으로 그리고 있는데
아들과 딸이 어깨너머로 내 그림을 보더니 하던 말.

"에그~ 엄마네 집 마당에 박혀 있는 타일이 왜 그렇게 촌스러운 거야?"
"어이구. 모르는 소리는. 내 어릴 적엔 마당에 타일 박은 집은 없었다고!
애들이 뭘 몰라도 한참 몰라.
그 타일은 너희들 외할머니가 계를 타서 만든 타일이야."

짜아식들! 지들이 그 예쁜 한옥집을 알기나 해!
내가 그 집에서 태어나고 27년을 살았던 삼선동 5가의 한옥집.
지금도 꿈을 꾸면 한옥집에서 동생과 노는 꿈을 생생하게 꾼다.
동네의 곳곳을 누비며 뛰어다니는 꿈은 언제나 보너스다.
나이를 먹었어도 내 어릴 때 집은
아직도 날 어린아이로 놓아두고 있는 것 같다.

정 남향집이라 아침이면 햇살이 좋아 늦잠을 도저히 잘 수 없던 집.
우리가 늦잠이라도 자려고 이불을 머리끝까지 뒤집어쓴 채 응석을 부리면,
엄마가 늘 하시던 말씀이 있었다.

"얘들아~ 해가 너희들 궁둥이를 찌른다. 어서 일어나거라.
  일찍 일어나는 새가 모이를 더 먹는다고 했다.
  게으름은 이 세상에서 가장 쓸모없는 것이란다."

*# 15*

화폭에 혼합재료

집에서 학교로 가는 길은 비탈길이라 쌩~ 하고 달리면
눈 깜짝할 사이에 학교 교문 앞에 섰다.

우리 집 언덕 위로 경동고등학교의 비탈진 정문이 보였다.
집으로 올라가는 길은 하늘과 맞닿아 있는 곳이라
오르고 또 올라가도 끝이 안 보이는 곳이 우리 동네다.
우리 동네는 산이 빙 둘러 있는 산성 아래의 동네다.

성벽을 따라 걷다 보면
멀리 고궁의 담 밑까지 갈 수 있기에 길이 미로였다.
하루의 시간이 부족할 정도로
매일 온 동네의 구석구석을 쑤시고 다녔던
어린 시절에 나는 동네에서 대장이었다.

동네의 느티나무는 신령처럼 보였기에 하얀 나무로 그렸다.

# 우리 동네

누구나 어릴 때 살던 동네를 그리워한다.
우리 동네는 아담한 한옥이 옹기종기 머리를 맞대고 있던 곳이다.
집 한 채 건너마다 골목집으로 되어 있기에 골목집에 사는 친구들의 집은
구불구불 오솔길처럼 안채 대문까지는 아스라하게 멀어 보였다.

골목집은 좁은 마당을 화단으로 채마밭을 가꾸는 집이 많았다.
그래서 종종 골목의 담을 타고 올라가는 여주 호박 수세미 등이
옆집의 담을 넘을 때가 있었기에 '내것 네것' 하는 실랑이가 있었다.

집 근처에 있던 고목인 커다란 느티나무에 매달려 놀았다.
느티나무가 동네의 한길 가운데 있었기에 기묘한 풍경이었다.
어른이 되어 그 느티나무를 보니 어디에나 흔하게 있는 평범한 나무였다.
느티나무가 길 한복판에 있었기에 동네 아줌마들은 저녁 식사 후
부채 한 개씩을 들고 나무 아래의 평상으로 모여 앉았다.
부채로 모기 잡는 소리가 돌림노래처럼 들리는 것도 정겨웠다.

아줌마들의 수다에 어느새 동네 사람들의 이야기가
느티나무 가지에 주렁주렁 매달려 있다가
바람이 불면 휘익 날아 뻥튀기처럼 튀겨진 소문은 온 동네를 돌아다녔다.

엄마는 내가 동네 수다들의 현장에 끼어있는 것을 싫어하셨지만,
난 친구들을 불러내지 못하는 저녁에는
늘 느티나무 아래에서 아줌마들의 수다 듣는 것을 좋아했다.

"영아! 네 엄마는 뭘 하고 계시니?"
"영이네 엄마는 서울댁 깍쟁이라 여기에 안 나오지?"

아줌마들은 나를 보고 한마디씩 던졌다.
아줌마들이 엄마를 두고 하는 말인 '깍쟁이 서울댁'이란 표현을 좋아했다.
나는 아줌마들에게 대답했다.

"제가 엄마 대신이에요. 뭐 하실 말씀이 있어요?"

아줌마들의 수다가 늘 비슷한 내용이면 친구들을 모두 불러냈다.
친구들과 멀리 다른 동네까지 쑤시고 다녔다.
그렇게 말괄량이로 온 동네를 쏘다니면서도 속으로는 겁이 많았다.
집으로 돌아오는 길을 잊어버릴까 봐 나만 아는 표식을 동네 곳곳에 했다.

학교에서 얻어 주머니에 넣어 온 몽당분필로 작대기를 하나씩 그렸다.
(칠판을 닦고 지우개 털이를 털고 나면 칠판 밑에 몽당분필이 많았다.)
담에도 전봇대에도 그리고 남의 집 대문에도, 길가에 널어놓은 빨래에도
하얀 분필로 동네 곳곳을 화판 삼아 그림 그리기를 하였다.

한옥집들은 한길 가 골목 안 평지에 있었는데도
우리 집까지 가는 길은 언제나 멀게만 느껴졌다.
그것은 아마도 늘 골목길을 뱅뱅 돌아 걸어 다녀서겠지.
여름보다 겨울에는 집으로 가는 길이 너무도 멀었다.
아직도 꿈을 꾸면 어릴 적 내 집을 찾아다닌다.

구불구불한 긴 길에서 헤매다가 잠에서 깨고 나면 허무하기도 하다.
그러기에 어릴 적 마음에 남겨져 있는 풍경은
아무리 나이를 먹어도 지워 낼 수가 없다는 말이 맞나 보다.


짧은 여름밤에 긴 꿈을 꾼다.
긴 겨울밤에는 짧은 꿈을 꾼다.

〈2006년에 쓴 글〉

## 16

화폭에 오일 물감

파르라니 깎은 머리 위로
새들을 얹었다.
새들을 가슴에 안은 이도 있다.

머리는 이해하는데
가슴이 이해하지 못하는 일들이 많다.
몸은 다 내 몸인데 종종 몸 전체가 타인의 몸처럼
낯설다.

머리에서 가슴까지의 길이 너무나 멀다.

# 내 나이 때 울 엄마는~~!

엄마의 나이에 내 나이를 생각해내느라 한참이 걸렸다.
다른 이들의 나이와는 더하기와 빼기가 잘 되는데
어째서 내 엄마와는 나이 빼기와 더하기가 잘 안되는지!
엄마는 늘 내 엄마이기에 나이 같은 것은 생각도 안 하고 살았다.

어릴 때부터 엄마의 권유로 나는 그림을 그렸다.
그림에 푹 빠져있던 나는 그림으로 성공할 것이라 믿었다.
그러나 대학을 졸업하고 나니 내가 그리던 그림은 별것이 아니었다.
지독한 방황을 하는 동안에는 매일 산에 오르고 올랐다.

엄마는 나에게 화실을 만들어 그림을 더 그리라고 했다.
그래서 혜화동에서 화실을 하던 때였던 것 같다.
그림 그리기에 걸신이라도 들린 사람처럼
집을 버리고 화실서 먹고 자면서 밤낮으로 그림만 그리던 시절이었다.
그런 나를 바라보는 엄마의 마음은 슬프고 갑갑하셨을 것이다.

요즘 갑자기 엄마의 마음을 시기별로 헤아리게 되었다.

그 당시 화실에는 전화기가 없었다.

내가 엄마에게 전화를 걸기 전에는 나와는 전혀 연락이 닿지 않아

마포에서 혜화동까지 버스를 여러 번 갈아타고 왔다 가시던 엄마였다.

그냥 오시면 내가 "나를 감시하시는 중이우?" 하고 물으니

엄마는 결혼시킨 딸의 집엘 오시는 듯

밑반찬과 생필품을 이것저것 보자기에 싸가지고 오셨다.

그러고는 돼지우리를 방불케 하던 지저분한 화실 청소를 하시던 엄마.

대학 졸업 후의 내 생활에 대해 알고 싶은 것이 많으셨기에

나에게 이것저것을 물어보시던 엄마에게 침묵 또는 핀잔을 던졌다.


"엄마는 내가 말을 해도 잘 모르실 거야. 그러니 자꾸 물어보지 마!"


냉정하고 간결하게 엄마가 생각하는 나에 대한 상상의 싹을 싹둑 잘라냈다.

그런 나에게 엄마는 아주 작은 중얼거림으로 화답을 하는 듯했다.

"너도 이다음에 너와 똑같은 성질의 딸을 낳아 길러보고
　이 엄마의 서운함을 느껴봐라.
　아마 그때 나를 찾아도 네 엄마는 이 세상에 없을 거야."

엄마의 말이 모두 정답이었다. 요즘 들어 엄마가 부쩍 더 보고 싶다.
엄마가 알고 싶어 하시던 것들이며, 나와 함께 다니고 싶어 하셨는데
나는 바쁘다는 핑계를 대며 엄마에게 곁을 주지 못했다.
이제는 엄마와 함께 엄마가 원하시는 대로 다 해드릴 수 있는데……

내가 엄마와 안 놀아 줘서 그랬을까?
날이 따뜻해져 봄이 되면 엄마는 무척이나 분주하셨다.
엄마는 아주 성실하고 독실한 생활 속의 불교 신자이셨다.
일을 하실 때도, 책을 보실 때도, 무념으로 계실 때도
늘 불경을 듣거나 불경을 나지막한 소리로 독경하셨다.
매일 새벽과 저녁 예불을 집에서 하셨기에
나는 어릴 때부터 엄마의 염불 소리를 듣고 자랐다.

동네 이웃집에 초상이 나면 이웃들은 스님이 아닌 우리 엄마를 모시러 왔
다. (겨울이 지나면 동네 곳곳에 초상이 나서 대문에 초상났음을 알리는 조등이 달렸다.)
회색 보자기에 향과 목탁 그리고 염주를 넣으시고는 초상집으로 가셨다.
스님들도 힘들다는 '초상집 염불해 주기'를 자처하신 엄마.
듣기만 해도 마음이 섬뜩한 초상집을 다니시는 엄마를 이해하지 못했다.


"엄마! 초상집에 가지 마세요. 무섭게 왜 그런 곳에 가서 염불을 해요?
 스님들도 초상집 염불은 다 하기 힘들기에 골라서 다니신다는데요?"


엄마는 말없이 웃으시며 늘 같은 말만을 되풀이하셨다.


"좋은 일에는 안 가도 되지만 살아가면서 가장 어려운 일이 있다면
 그것은 가족을 잃은 슬픔이란다.
 그러니 엄마가 가서 염불을 해 주면 좀 좋으니? 그들은 종교도 없잖니.
 그래서 돌아가신 분은 극락왕생하고 그 가족들이 불교를 믿게 되면
 그 얼마나 좋은 일이냐."

지금 나는 엄마와 같은 나이에 있으면서도
몸은 엄마의 흉내를 내고 있지만 마음은 성숙하지 못했는지
아는 이들의 부음 소식을 들으면 가슴이 싸하며 우울하다.

요즘 엄마가 너무나 많이 보고 싶다.
그래서인지 나도 엄마의 마음을 헤아려 볼 심산으로
퇴근길에 좋아하는 음악을 듣지 않고 불경을 듣는다.
아무리 듣고 들어도 무슨 말인지 모르는 불경 소리이지만
엄마의 마음이 조금씩 헤아려지기 시작하려 한다.

나도 어느새 오십이 넘은 나이가 되었다.
이제 바다를 보러 가는 일에 마음을 비우려 하지 말고
나도 엄마를 따라하면서 사람들 속에서 마음 비우기를 해 보아야겠다.

마음을 비우고 나면 또 채워지기가 반복되는 것이 욕심이지만
그 욕심을 아주 얇게 얇게 펴서 불심에 말리고 말리다 보면
어느 날엔 불경에서 말하는 것들을 이해할 수 있겠지.
그러면 엄마의 마음이 늘 나와 함께 있음도 알겠지.
내가 엄마이고 엄마가 나임을 아는 날!

그날이 언제가 될까!

〈2003년에 쓴 글 중에서〉

## 17

종이에 복합재료

매일 보는 산이다.
우리 집 아파트의 앞뒤 창을 열면 보이는 곳이 모두 산이다.
우면산 관악산 청계산 그리고 매봉산.

버스를 타고 강남대로를 달리다 보면 바로 가깝게 보이는
인왕산과 남산이 한강을 곁에 두고 나를 반긴다.

젊어서는 산을 무척이나 좋아했다.
더워도 추워도 산의 머리끝까지 올라가 발끝 아래의 도시를 보면서
많은 생각의 갈래를 이리저리 꼬기도 풀기도 했다.

이제는 산을 바라보는 것만으로도 마음이 편해진다.
산을 바라보는 나는 계속 나이가 들고, 어느 날엔가 사라질 터인데
산은 늘 한곳에서 나이만 먹지 나처럼 늙지도 사라지지도 않는다.

지난 가을 영국에서 귀국하고 도통 그림을 그리지 못했다.
그러다가 더위가 극성인 요즘 다시 그림을 그린다.
그림을 그리는 동안엔 더위도 모르고 시간의 흐름도 의식에 없다.

산을 그리고 나서 산 아래에 새를 그려 넣고 나니
내가 산 속으로 들어가 자리를 잡은 듯 평안해진다.

# 첫 경험에 대한 단상들

사계절 중 여름을 많이 좋아한다.
낮이 길어 아무리 돌아다녀도 해가 나를 따라다녀서 좋다.

이른 아침 매미와 쓰르라미들의 전자 바이올린 연주 같은 울음에
내 수면 시간은 여름이 짙어 갈수록 짧아진다.
그래도 일 년에 딱 한 번만 들을 수 있는 자연의 소리이기에 좋다.

땀이 유난히 많은 나.
여름엔 내 온몸의 땀구멍이 활짝 열리나 보다.
나에게서 활짝 열릴 수 있는 것이 마음이 아닌 땀구멍일지라도 고맙다.

땀을 비 오는 듯 흘리고 나면 그 뒤에 오는 묘한 쾌감이 있다.
여름에 배낭을 메고 산에 오르면 배낭을 멘 등허리가 땀에 흠뻑 젖는다.
잠시 배낭을 내려놓고 산바람에 등허리를 내어 줄 때의 기분
그 기분은 세월이 많이 지났어도 느낌이 생생하다.

살면서 결코 잊을 수 없는 생생한 기억의 느낌들이 몇 가지 있다.
무거운 배낭을 어깨에서 내려놓았을 때와 같은 그런 느낌은
아마도 모든 것에 대한 '첫 경험'에 대한 기억들일 것이다.

첫 키스, 처음 마셔 본 소주, 처음 본 바다, 처음 타보는 비행기,
첫 해외여행, 첫 월급, 처음 입어 본 청바지 등…….
내 기억 속에서 가끔 나를 행복하게 하는 첫 경험에 대한 단상들이다.

# 18

종이에 복합재료

바다에서 불어오는 바람에서는
짭조름한 해초 내음이 풍겨야 하거늘
저 바다엔 소금과 해초가 없는지
강가나 산에서 불어 내리는 청량한 바람 내음만 있다.

비 오는 날과 해 나오는 날 그리고 바람 부는 날만 있는 곳
그러나 내가 그림 그리기에는 좋은 곳이었다.

청명한 공기에서 들숨을 하면 머리가 띵하게 울렸다.
나의 마니또라도 되는 듯, 한 마리의 새는 항상 내 곁에 머물고
같은 새인지 아닌지는 모르지만 내 그림 그리는 곁을 늘 지켰다.
눈을 감고 들숨을 하면 본머스 해변의 바람이 느껴져 온다.

"너희들 잘 있는 거 맞지?
내가 너희들을 그리워하는 것과 같이 너희들도 내가 궁금하니?"

## 오늘은 하지다

오늘은 하지다.

일 년 중에 낮의 길이가 제일 길다는 날이다.

또 여름이 본격적으로 시작된다는 의미이기도 하다.

여름 장마와 삼복 날이 있고, 거기에 열대야를 끔찍하게 두려워할

그런 여름날들이 순서대로 버티고 선 하지의 문이 열리고 있다.

올여름엔 또 어떤 그림이 그려질까!

작년 여름의 더위를 까마득하게 잊고 있다.

기억이라는 것!

참으로 자기가 필요한 것만을 취하는 듯싶다.

2017. G.YOUNE

# 에어컨은 언제 켜야 하나

에어컨은 한 번 켜면 좀처럼 끌 수가 없다.
요즘 같은 더위엔 에어컨이 필수 가전제품이기는 하지만
나는 아직 에어컨 사용을 흡족하게 하지 못하는 편이다.

전기세 걱정도 있고, 온 집의 창문을 모두 봉쇄해야 하기에
가족들이 먹어야 할 음식을 만들어야 하는 입장에서는
하루 중 어느 시간에 에어컨을 켜야 하는가가 늘 신경전이다.

오래된 집이고 보니 아이들 방마다 에어컨 설치가 어려웠다.
이제는 아이들이 다 떠나고 보니
나와 지아비 그리고 땀구멍이 없는 우리 집 토끼 하트가 걱정이다.

오늘도 이른 아침부터 음식 만들고,
집안 청소하고 빨래해서 안에다 널어 선풍기 돌리고,
나도 숨 돌리면서 이제야 선풍기 곁에 앉아 글을 쓴다.
출근하는 지아비가 한마디 거들고 나갔다.


"학원 안 가고 집에 있는 날에는 너무 일을 많이 하네, 좀 쉬지!"


백수가 과로사한다는 말이 정답임을 확인하는 중이다.


"당신이나 잘하시구려!"


난 속으로 말했다. 아침부터 콩국수 타령하기에 콩국수 만들어 줬으니!
식구가 줄어도 내가 해야 할 일의 몫은 거의 비슷하다.
오늘은 소나기 예보가 있어서인지 비교적 시원하다.
에어컨을 안 켜도 되는 소나기가 잠시 몰다 주는 바람이 있기에
잠자는 하트(토끼)만 자주 본다.

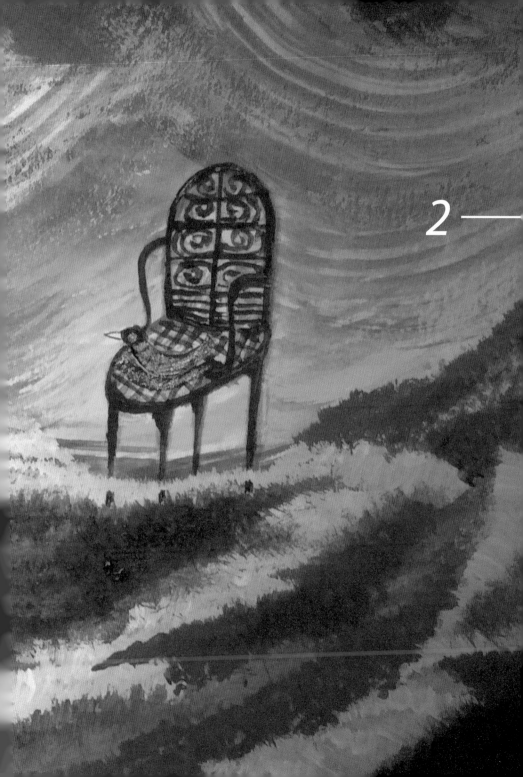

2 ———

# 19

종이에 오일 파스텔

혼자 여행을 할 때도
내 주변에는 늘 함께 해 주는 새들이 있다.

사람이 가깝게 있어도 경계하지 않는 새들!
혼자 점심을 먹던 나를 지켜보던 새에게
내 점심의 일부를 나누어 주지 않고는 견딜 수 없게 만들던
측은지심을 유발시키던 새들도 나에겐 다 좋은 벗이 되었다.

오일 파스텔의 투박한 느낌이
아련한 그리움의 여운을 남기다.

# 어른들이 떠나신 집

시모님이 안 계시니 시댁에 가지 않게 된다.
시모님이 편찮으실 때도 일주일에 두세 번씩은
시모님을 병문안하기 위해 드시고 싶다는 것을 요리해서 가지고는 못가도
유명한 음식점을 찾아다니며 사서는 뵙고 오곤 했었다.

시모님이 세상을 버리신 지 벌써 백 일이 넘었다.
불과 백 일이 넘은 것뿐인데
결혼 후 35년 동안을 드나들던 시댁에
어른들이 안 계시니 특별하게 가게 되질 않는다.

내 아이들이 어릴 때 부르시면 아이들을 데리고 열심히 다녔다.
친정 부모님들이 일찍 세상을 떠나셨기에 아이들에게 외갓집의 추억이 없다.
그래서인지 시모님이 부르면 참으로 열심히 다닌 시댁이었다.

이번 주말에 온 가족을 한 자리에 모이라는 전갈이 시댁에서 왔다.
이젠 시숙과 형님이 시댁의 큰어른이 되었다.
그래서 결혼을 한, 딸 내외와 함께 세대교체가 된 시댁에 간다.

책장이 바람에 넘어가는 듯 우리의 삶도 소리 없이 넘어간다.
결혼을 한 딸과 사위를 동행하여 시댁에 가려고 이것저것을 챙겼다.
결혼 전, 처음 시댁 어른들께 인사하러 가던 때와 같은 묘한 설렘이 생긴다.

## 20

종이에 시그린 물감

보기에는 갈대처럼 생긴 풀이지만
여름부터 깃발처럼 오르다가 초겨울이 되면 부풀어 오르는 풀.

서울에서는 상추 속에서 달팽이 한 마리를 발견하면 애지중지 길렀다.
달팽이가 움직이는 것을 사진 찍어 아이들에게 보여주고
풀을 잘 먹지 않고 움직임이 무뎌져 풀 밑으로 숨으면
달팽이에 대해 공부를 열심히 했다.

그런데 영국 본머스 해변 숲에는 달팽이가 천지였다.
이른 아침이나 비가 내리고 난 후에 크고 작은 달팽이들이 얼마나 많은지
내 엄지손가락보다도 큰 달팽이들이 무수하게 돌아다닌다.

달팽이 한 마리를 가지고 죽을까 봐 벌벌 떨던 내 행동에 웃음이 나왔다.
한두 개만 있을 때 귀하던 것이 너무 많다 보니 시들해졌다.
다 같은 달팽이인데 내 마음이 참으로 요사스럽다.

# 21

펜과 수채 물감

도곡동의 수령 천 년인 느티나무.
울적한 마음이 내 어깨를 누르는 날이면
종종 느티나무를 보러 언덕으로 오른다.

두 팔로 나무를 안고 귀를 대면
나무 속에서 들리는 나지막한 소리가
내 귀를 통해 가슴까지 번지다.
"별 것 아니다. 천 년을 살며 보니 별 것이 없다.
넌 잘하고 있다. 그러니 걱정마라" 한다.

아직 잎이 튀어 나오지 않은 바짝 마른
우리 동네의 느티나무는 내 아버지가 같다.

# 느티나무

우리 동네에는 수령이 천 살이 되는 느티나무가 있다.
우리가 처음 이사를 온 후에도 한참을 우리 집 베란다에서
푸르른 느티나무의 얼굴이 빤하게 보여서 좋았다.
그러나 새로운 아파트들이 동네를 차곡차곡 채워 나가면서
느티나무의 정수리만 남겨 놓고
새로운 아파트와 집들이 포위를 해 버렸다.

느티나무가 있는 땅 곁에 새로운 아파트가 들어서면서
사람들의 영역을 더 넓히기 위해 느티나무를 고사시키려 했는데
나무에도 신령이 있다는 말이 맞기라도 하는 듯……

아파트 공사를 하는 중
계속 나쁜 일이 생기기에 느티나무의 땅은 그대로 두고
느티나무 주변에 울타리를 만들고 보호하기로 했다.
그러고는 매년 가을마다 느티나무 앞에서 축제가 펼쳐진다.
느티나무에 감사의 예를 올리는 축제가 열리고 나서부터는
동네도 더 편안해졌다며 많은 사람들이 참석하여 구경한다.

사람의 수명은 고작해야 백 살인데
저 느티나무는 천 년을 살았다니
내 상식으로는 감도 잡히질 않는다.

영어학원의 숙제로 전설 신화를 영어로 영작해야 하는데
다른 나라의 이야기를 쓰는 것보다 우리 동네 느티나무에 대해 썼다.
그리고 오늘은 멀리서만 보던 느티나무의 사진도 찍었다.

## 22

영국 스완지의 바다에서 스케치 ㅣ 종이에 복합재료

파란 날의 푸른 바다.
작은 마을은 바다 위에 떠 있는 듯 언제나 푸른색이다.

노을의 붉은 빛이 푸른 바다로 스며들고 싶어 하지만
바다는 쉽게 노을의 붉은 빛을 허락하지 않는다.

바다가 머리에 이고 있는 마을로 달이 뜨고 물새가 날다.
바다로 내려가는 구불구불한 길을 따라 걷다 보면
푸른 바람도 달리고 새들도 달리고 나도 달린다.

바다에서 올려다보이는 마을은 하늘의 끝처럼 너무 멀게 보이지만
숨 한 번 크게 쉬고 달려 오르면 바다가 등을 밀어준다.
노을이 내리려는 바다는 언제나 첫사랑의 기억처럼 황홀하다.

# 엄마의 간소한 식사

엄마의 점심 식사는 언제나 단출했다.
식구들이 잘 먹지 않는 음식이 혹~냉장고에서 상할까 봐
밥 한 그릇과 식구들이 잘 안 먹는 반찬 한 가지
그리고 바쁜 일이 있는 것도 아닌데 밥도 빨리 드셨다.

나는 한 번도 엄마의 점심 식사에 대해 생각해 보지 않았다.
그러다가 내가 결혼을 한 후 엄마의 '혼밥'에 대해 갑자기 관심이 많아졌다.
직장을 다니기 전에는 엄마의 점심시간을 맞춰 여러 가지 음식을 사 갔다.
엄마는 너무 좋아하시면서도 내가 사 가지고 간 음식의 좋은 쪽 일부를
그릇에 덜어내어 집 식구인 아버지와 동생의 몫으로 두셨다.

엄마의 그런 행동에 내가 잔소리를 많이도 했지만
들은 척도 안 하시던 엄마
퇴직 후 혼자 점심을 먹는 날이 많아진 요즘
내가 어느새 엄마를 닮아 가고 있다.

밥 한 덩이와 냉장고에서 식구들에게 외면받는 반찬 한 가지
그것이 내가 먹는 점심 식사의 전부다.
흉보면서 배운다더니~~

오늘도 점심 식사를 하면서 생각해 보았다.
'반찬 많이 꺼내면 다시 넣기 귀찮고, 그릇이 비워지면 설거지 생기고,
그냥 간단하게 한 끼 먹으면 되는데 뭐⋯⋯.'

아! 엄마도 이런 생각으로 점심 식사를 드셨나 보네!!

## 23

종이에 아크릴 물감

아침에 눈을 뜨면 바다가 먼저 보였다.
하루 종일 바다를 곁에 두고 걸어도 지루하지 않았다.

나와 새는 서로의 영역을 침범하지 않으려 서로를 배려했다.
하루에도 날씨의 변화가 심했지만 바다는 늘 묵묵했다.

바다를 곁에 두고 사는 이들은 바다에 대한 생각이 그저 그렇겠지.
서울 강남의 복잡한 도로를 걸으면서 바다를 그리워한다.

그 어느 곳이든 한 번 떠나오면 다시 돌아가기가 어렵다.
몇 개월이 지나도 같은 모습으로 나를 반기는 바다가 그립다.

바다에 앉아 그림을 그리던 여유를 그림 속에서 찾다.
너무나도 바쁘다는 핑계를 잠시 눌러두고
속초 바다, 인천 바다라도 보고 와야만 우울증이 사라질 것 같다.

# 다시 20대로 되돌아 살아 보겠느냐?

1973년의 5월은 대학교마다 축제로 정신이 없었다.
공부는 멀리 돌려두고 축제에 참석할 파트너를 구하는
축제용 미팅을 시간 차를 두고 했다.

일류대학교가 뭐라고 사람보다 학교를!
그때 정말 우리가 말하는 좋은 학교와의 미팅만 선호했다.
거창한 파티에 가는 것도 아닌데 새 옷을 맞춰 입고
옷에 맞춘 새 구두 때문에 발이 아파 고생해도 너무 행복했다.

학교마다 우리를 기다리는 5월의 축제를 탐닉하던 시절이 있었다.
축제 파트너로 만나 연애하고 결혼까지 한 친구도 있다.

나는 머피의 법칙이 딱 들어맞았다.
축제용으로 만난 파트너들은 모두가 다 나와는 잘 맞지 않았다.
그들 또한 나에게 호감보다는 두려움을 더 느꼈던 것 같았다.

5월이 되면 장미꽃이 붉은색으로 세상에 땡땡이무늬를 찍는다.
하늘색에 붉은 땡땡이무늬가 아름답던 원피스를 5월의 옷으로 입고
미끄럼틀보다 더 높은 하이힐을 신고도 잘 걷고 달렸다.

요즘 대학교에서의 축제는 우리 때와 다르게 휙~지나가나 보다.
요즘 사람들은 미팅도 별로 안 하고, 사람을 만나도 오래 만나지 않고,
연애보다는 직장을 잡는 것이 사람을 만나는 일보다 더 중요하단다.
그러나 연애도 마음 아픈 사랑도 다 때가 있다던 어른들의 이야기가 생각난다.
살아보니 어른들이 충고로 하시는 이야기가 틀린 것이 별로 없다.

나의 젊은 날도
언제까지나 부모님 곁에서 용돈 받아 가면서 살 줄 알았지만
곧 그런 환상이 무참하게 부서져 사는 날이 힘겨웠지만
나름대로 생각 떠올릴 젊은 날의 추억들이 봄날의 아지랑이처럼 오르기에
살아내는 힘은 바로 추억의 크기와 무게에 있는 것 같다.

나이가 들어가니 살아 온 시절이 어렵지만은 않았다는 생각이 든다.
그러나 다시 20대로 되돌아 살아보겠느냐고 하면
그것은 허락하고 싶지 않다.
나는 지금의 내가 이대로 너무 좋다.
지금 보고 사는 이들이 좋고, 바로 이 순간이 최고로 좋다.

## 24

종이에 아크릴 물감

들판으로 바람이 지나간다.
바람은 그 어느 곳에서도 주춤거리지 않고 지나간다.

바람이 흐르는 바람의 길을 따라갔더니
넓은 들판으로 여름이 이미 시작된 풍경이다.

오래된 성터에 한가롭게 노니는 새들
이층버스가 떡갈나무 열매에 부딪쳐 천둥소리를 낸다.
시골길은 그곳이 어디라도 모든 곳이 이야기와 그림감이다.

요즘 딴짓하느라 봄이 지나가는 마음을 그림으로 못 그린다.
그래서 영국서 그려 온 그림을 야금야금 내놓고 있다.

〈바람의 길을 따라 여행하다. 영국 솔즈베리 가는 길에〉

# 마음이 헛헛한 오월

예전에는 5월이 시작되면 먼저 주머니 사정을 생각해야만 했다.
어린이날, 어버이날, 가족의 생일, 스승의 날.
가정의 달이라 해서 가족이 여러 번 모여 얼굴 보고 밥도 먹고 했다.

친정과 시댁 부모님들께서 안 계시니 이제는 허전하다.
이제는 내 아이들도 다 자라 성인이고 우리에게서 이소했다.

우리 아이들도 5월이 되면 마음이 부담스러울 수도 있겠다.
영국서 멀리 사는 아들은 늘 마음으로 동생에게 미안해한다.
결혼한 딸에게 내 엄마가 말씀하시듯 그대로 말한다.

"엄마, 아빠는 신경 쓰지 말고 시댁 어른들께 잘해라."

딸은 내 말과는 다르게 대꾸한다.

"그건 아니지요!"

나는 나의 딸처럼 당당하게 친정에 행동하지 못했다.

친정에 하는 것은 시댁에 하는 것보다 늘 부족하게 해서 죄송했어도
다 그렇게 사는 것이라 생각했기에 지나가면 잊었다.


"엄마는 괜찮아. 너희들이 건강하게 잘 살면 된다."


엄마의 말만 믿고 내 친정엔 소홀하게 했던 것을
나이가 들어가면서부터는 늘 반성하면서 산다.


내 나이 정도도 살지 못하신 친정 부모님께 너무 죄송하다.
내 형편이 좋아지면 잘하려고 했었는데……
성질이 급한 두 분은 일찍 멀리 떠나셨다.


내가 살갑게 챙겨야 할 곳들도 영원하지 않다는 것도
매일 배우며 산다.
5월이 시작되면 마음이 헛헛하고 쓸쓸하다.

## 25

와트만지에 복합재료

아주 가끔 세상을 뒤집어서 보고 싶을 때가 있다.
땅을 머리에 이고, 하늘엔 발을 담그고 싶다.
그러면 저 하늘이 내 발을 살살 씻어 줄까?

물구나무서기를 하고 세상을 보면
그동안 눈과 마음에 보이지 않던 세상이 보일 때가 있다.
아이들의 일기장 속 날씨 이야기처럼
세상은 어제도 같고, 오늘도 같고 그리고 내일도 같을까?

우리 집 근처 작은 동산 이름이 '까치산'이다.
까치는 눈을 씻고 찾아보아도 없고, 비둘기 구구거리는 소리만 구슬프다.
우리가 어떤 이름을 붙여 부르든 세상은 아무 상관을 하지 않는데,
우리는 만나면 제일 먼저 이름부터 알고 싶어 한다.

저녁이면 '까치산'을 뱅뱅 돌며 걷는다.
머리카락 아래로 타고 흐르는 땀이 가을비처럼 어깨를 시리게 한다.
얼마나 저 동산을 돌고 또 돌아야만 내 어깨의 빗장뼈가
까치산의 나무뿌리들처럼 튀어 올라올까?

아침저녁 선선하게 부는 바람에 입 삐뚤어진 모기가 물었다.
까치산에서 모기에 물린 자리가 가려워 긁적거리고 있다.
"엄마! 나 가려워……"
엄마는 침을 발라주셨다. 에그 엄마 침이라도 더러워!

# 나도 선물을 받고 싶다

누군가에게 마음과 귀를 씻어 낼 수 있을 음악 CD를 받고 싶다.
그 누군가가 나에게 가을을 담아낸 음악 CD를 준다면 좋겠다.
나도 그에게 하얀 백지에 '날까 말까' 하는 날렵한 새를 그려주고 싶다.

가을비가 한 차례씩 뿌리고 나면 가을은 거인의 걸음처럼
우리 뒤를 바짝 따라와 허술한 목덜미를 꽉~잡아채고 말 것이다.
가을에게 맥없이 끌려가지 않으려고 별 주문을 다 한다.

학교 다닐 때는 철마다 선물을 하기 위해 별의별 것을 다 만들었다.
봄에는 봄꽃인 진달래, 작약 등을 말려 책갈피로 만들어
글과 함께 코팅해서 나누어 줬다.

그리고 여름이 시작되면 코바늘로 작은 가방을 만들어 나누었고
가을이 시작되면 여러 종류의 음악을 담아 나누었다.
음악 듣기는 호불호가 갈리는 것이기에 어느 날부터 그만뒀다.

제자들이나 학부모들이 내가 준 선물을
아직도 가지고 있다고 하면 마음이 뿌듯하다.

내 수첩에서 지인들의 이름이 하나씩 지워진다.
그들이 소리 없이 인사도 없이 내 곁을 떠나간다.
내 곁에서 나와 같은 곳을 바라보며 오래 함께 하자고 했는데
내 곁을 떠나는 그들의 마음도 어쩔 수가 없겠지!
전화기에 남겨진 이름과 카톡에서 나눈 대화는 차마 지울 수가 없다.

나도 선물을 받고 싶다.
내 곁에서 그렇게 빨리 떠나지 않을 것이란 약속의 선물을!

## 26

종이에 아크릴 물감

영국에는 사계절이 없는 것처럼 느껴진다.
그 대신 비가 오는 날과 오지 않는 날로 구분이 되는 듯하다.

내가 느끼기에 봄과 여름이 너무 짧고 가을과 겨울이 길다.
그러기에 그림을 그리러 다니는 시기가 다 비슷하여
그림에 담기는 풍경도 소스라치게 도드라지는 개성은 없다.

스와니지의 해변은 늘 조용하고 정갈하다.
언덕으로 보이는 그림 같은 붉은 지붕의 집들은 거의 다 별장이란다.

바다 한가운데 홀로 서서 그림을 그리다 보면
적막함이 파도에 섞여 잉잉 소리를 내며 울어대는 듯하다.

영국서 돌아온 후 화구를 풀지도 않았다.
다시 그림을 그리러 가야 한다는 핑계를 만들려고 궁리 중이다.

〈Swanage Pier에서 스케치한 그림〉

# 사랑과 관심이 지나쳐서

내 등에 깨알보다 작은 뽀두라지가 났다.
그 뽀두라지를 그냥 두면 소멸했을 텐데 건드려서 성이 났다.
아주 오랜 시간 내 등에서 석화가 되려 했는지 잠잠했었는데
집 안의 여러 가지 행사로 몸과 마음이 힘들었더니
내 등에 생긴 뽀두라지도 성을 내며 눕기가 불편해졌다.

남편이 자기는 의사의 동생이라면서 내 등의 뽀두라지를
두 손으로 눌러서 짜고 소독했다.
병원 가기를 두려워하는 사람이지만 이번만은 상황이 나빴다.

가벼운 마음으로 병원에 들러 진찰을 받았는데 수술까지 하게 되었다.
그리고 여러 날 통원 치료를 거듭하면서 고생 중이다.
화농 된 부분이 너무 넓고 깊어 상처가 깊고 재발 우려도 있기에
깔끔해질 때까지 치료와 관리를 해야 한다.

목욕은 방수 테이프를 붙이고 고양이처럼 그루밍 수준이고
내가 좋아하는 공중목욕탕 놀이도 4주는 지나야 할 수 있단다.
수술한 지도 열흘이 훨~ 넘었는데 아직도 상처가 벌어져 있는 상태다.
상처 부위가 작으면 꿰매줘야 하지만 내 상처는 범위가 커서
계속 지켜보면서 스스로 새살이 오르도록 기다리란다.

참으로 아주 작은 종기 한 개가 내 인내심을 자극하고 있다.
몸에 생긴 상처나 병은 종류가 어떤 것이든 삶의 질을 하락시킨다.
내 어리석은 무관심에 몸이 고생한다.

## 27

와트만지에 복합재료

애들아! 너희들은 어디로 가는 중이니?
파도가 너불거리는 바다는 꽃이 되고 새들은 나비가 된다.

바람이 새들의 궁둥이를 힘껏 밀고 있다.
해풍이 만든 보드를 타고 새들이 바다에 그림을 그린다.

새들의 꽁무니를 따라온 은빛 실은 바다에 그물망을 놓고
하늘에 걸린 달엔 앙상하게 뼈만 남은 물고기가 새들을 바라본다.

새들은 은빛 실로 그물코를 짜며 하늘로 오르려 하나 보다.
새들은 바다, 사람, 물고기와 함께 살고 싶을 텐데
바다가 품고 있던 그 많은 물고기를 누가 다 먹었을까?

# 딸과 부산 여행하다

지난 주말 딸과 함께 기차를 타고 부산으로 여행을 갔다.
딸이 〈부산 비엔날레 사생대전〉에 참가하기 위함의 여행이었지만
속내는 딸과 함께 오롯한 기차여행을 하고픈 욕심이 더 많았다.

이른 아침 서울을 떠나 기차를 타고 부산으로 내려가면서
기차 속의 촌스런 삶은달걀 먹기 군것질도 하고 이야기도 나누고
자매처럼, 친구처럼 너무나 즐거운 1박2일의 여행이었다.

사는 일들이 바쁘다는 이유로 집과 학교만 열심히 오고 갔다.
딸과 둘이 하는 기차여행은 처음이었다.
딸은 태종대의 바다를 바라보며 그림을 그렸고
나는 그림을 그리는 딸을 바라보면서 내 어머니를 생각했다.

내가 사생대회 갈 때마다 내 곁에서 햇볕에 물감이 마르지 않게
지나다니는 사람들이 내 그림을 보지 않도록
어머니는 작은 양산을 이리저리 옮기며 내 그림을 가리셨다.

내 어머니의 마음을 내가 그대로 받아들인 듯하다.
그림 그리는 딸 곁에서 '엄마 노릇'을 하고 싶었는데
딸은 자기 혼자 그림 그리는 것이 더 좋다며 나보고는 놀다 오란다.

내가 내 어머니처럼 양산으로 볕을 가리며 딸을 지키기엔
딸이 너무 빨리 자랐는지 '혼자서도 잘한다'며 나를 밀어냈다.
서울로 돌아오는 기차 속에선 쌍둥밤처럼 서로의 머리를 기대고 잤다.
딸과 나 우리는 서로가 서로의 '과거이며 미래'인 듯하다.

## 28

박스종이에 아크릴 물감

깊은 산속 옹달샘 누가 와서 먹나요~~?
간밤(새벽)에 토끼(하트)가 눈비비고 일어나 ♬
세수하러 왔다가 물만 먹고 가지요 ♪

그림을 그리다 잠시 쉬면 어느새 우리 집 토끼가 내 그림 위로 올라온다.
우리 집에선 내가 그래도 '짱'인데 하트(토끼) 눈에는 서열 하위로 보이는지
아니면 적으로 보이는지 녀석이 우리 집에서 나만 공격하고 나만 문다.
내가 너무나 사랑하는데~
사랑하는 방식이 서툴러서인지~
녀석이 도대체 내 맘을 몰라준다.

내 그림 속에선 우리 집 토끼가 산으로 올라간다.
산 아래로는 황금 소나무 한 그루가 하트가 내려오기를 바라고 있다.

짐승이든 사람이든 화초든 정 들이고 함께 사는 일이란
참으로 돌봐야 하고, 간간히 비위도 맞춰야 하고
그 뒤치다꺼리가 한도 끝도 없다.

사람의 말귀를 거의 알아듣지 못하는 척하는 우리 집 토끼
그래도 사진을 찍으려 하거나 그림을 그린다고 하면
프로 모델처럼 포즈를 잡는 듯 가만히 있다.

# 정말 쉬고 싶어라

비바람에 천둥까지 치더니 날씨가 바짝 서늘해졌다.
옷장 안 깊숙한 곳에 자리 잡고 있던 누비 코트를 걸쳤다.
낮엔 덥고 밤엔 딱 알맞게 따뜻한 옷이다.

10월은 너무 바쁘게 돌아가기에 마음도 분주하기만 하다.
발을 따듯하게 감싸고 길게 누워 쉬고 싶다.
따끈한 귤차 한 잔에 노릇노릇하게 구운 비스킷 한 조각이면
일에 지친 몸과 마음에 작은 위로가 될 듯하다.

이번 주말엔 겨울을 준비할 옷들을 정리해야겠다.
그동안 바쁘다고 밀어 둔 순정소설 책 서너 권도 꺼내 눈요기하련다.
말도 안 되는 연애 소설도 상상하며 읽으면 휴식이 된다.

아~~ 이번 주말엔 정말 쉬고 싶어라.

봄과 꼭간 (?)
2002, S. YOUN

*# 29*

종이에 복합재료

오래된 나무는 나에게 휴식이다.
나무에 손을 대면 나무의 심장 소리가 울림으로 떨려온다.

동네의 정자나무를 지붕과 담으로 의지하며 살아가던 시절
우리 집 나무 대문 안으로 보이던 작은 화초밭엔 여름 내내 꽃이 피었다.
문패가 없어 어느 집이나 다 같게 보였지만
엄마의 화초들 덕분에 깜깜한 밤에도 우리 집을 잘 찾았다.

우리 동네에 흑백 TV가 처음 생긴 곳이 바로 우리 집이다.
지금처럼 화면의 상태가 좋은 것이 아니라
바람이 불면 지붕으로 올라가 TV 안테나를 잡고 있던 생각이 난다.
성질 급한 내가 제일 많이 지붕의 안테나를 잡았다.
바람과 함께 비가 오는 날이면 번개까지 맞을까 봐 두려워하면서도
TV 화면이 잘 나오게 하는 것이 더 절실했던 시절이다.

흑백 TV 위로 흐르던 파도 같은 가로줄
TV 가로줄은 뜨개질하다 풀어낸 실처럼 끝을 찾기 어려웠다.
우리 동네 아이들이 '김일의 박치기하는 레슬링'을 보기 위해
와글와글 모여들었고, 나는 입장료로 딱지나 구슬 등을 받았었다.

긴 여름밤, 새들도 TV에 열중하던 날이면 나는 TV 안테나 잡으러
여러 번 지붕으로 올라가던 생각에 그만 웃음이 난다.

# 택배 감사하고 고맙다

요즘 인터넷 쇼핑몰에서 물건 사는 재미에 푹 빠졌다.
총알 배송이라 하면서 주문하면 바로 다음 날 물건이 배달된다.
인터넷으로 물건 사는 것이 익숙하지 못해서
늘 딸에게 사달라고 부탁을 하곤 했었다.
그러다가 요즘 인터넷으로 쇼핑하기를 열심히 배우고 익힌 덕분에
동네 슈퍼가 아닌 인터넷으로 생필품을 산다.

문 앞까지 배달하고 인증사진까지 내 폰으로 올려주는 친절함
인터넷에서 살 수 없는 물건들은 없는 것 같다.
생활필수품은 물론이고 우리 집 토끼의 먹이, 내 그림 도구들까지도
열심히 찾아보고, 사용 후기 읽어 보고, 가격 챙겨 본 후
주문만 하면 친절하게 여러 안내문까지도 보내오며 배달해 준다.

손가락 한 개만 까닥여서 물건을 주문하면
내 집 문 앞까지 배달해 주는 것
고맙고 감사하지만 우리 집으로 배달해 주는 기사들에게 미안하기도 하다.
인터넷 쇼핑몰도 늘 같은 사람이 내 집 물건을 배달하는지 모르지만
아들네 동네에는 같은 배달부가 늘 배달을 오기에 서로 인사를 하고 지낸다.
그래서 연말엔 감사의 표시로 배달부에게 선물과 카드도 전해준다.

함께 더불어 사는 곳
당당하게 대가를 지불하고 받는 물건들이지만
감사하고 고맙다.

# 30

종이에 복합재료

150

열대야가 없는 초여름 밤이 조금씩 짧아진다.

푸른 잉크를 풀어 놓은 듯 파르르한 하늘을 배경으로
미루나무는 여름밤을 위한 꿈을 그리는 중이다.

새도 푸른 하늘의 파란빛 미루나무를 보고 날아왔는지
나와 함께 푸른 미루나무 곁에서 잠이 들다.

달 밝고 바람이 선선한 초여름 밤에 잠시 볼 수 있는
꿈 그리미 푸른빛의 미루나무를 사모하다.

2017. S. young

# 강화 블루베리 농장

이번 주말에 강화도에 있는 블루베리 농장에 간다.
후배의 지아비가 블루베리 농사를 한다.
블루베리 수확할 일손이 없어서 수확도 마치기 전에
블루베리를 새들과 땅에게 고스란히 헌납하는 실정이란다.

일할 사람들은 고령의 노인들 뿐이고
돈을 줘도 사람 부르기가 어렵기에 새들과 땅에게 주던
블루베리를 우리에게까지 나누어 주려 한다.

"간편 복장, 모자 필수, 장화와 장갑은 농장에 있음.
　점심은 두둑하게 드릴 것임."

카톡이 왔다. 우리가 따는 것은 다 가져가라고 한다.
블루베리도 녹차 잎을 따는 것처럼 한 알씩 따야 한단다.
일찍 해 오르기 전에 출발하자고 하니 주말에 땀좀 흘리겠다.

학교에서 아이들과 싸우던 힘으로 중년 네 명의 샘들이 힘좀 써라.
나는 후배들보다 좀 나이가 들었다고 늘 응석을 부리는데
이번에는 내 엄살이 안 통할 것 같다.

# 혈액형 타령

나에게는 말로 안 되는 편견과 오해가 다분한 믿음이 있다.
사람들과 나와의 관계에 있어서 은근하게 신경 쓰는 것
나와 함께 할 사람들 간의 혈액형 맞히기

학교에 근무할 때도 아이들과 내가 아주 잘 지낼 수 있는
혈액형이 있다고 믿었기에 아이들의 건강기록부를 먼저 보곤 했다.
나는 오랜 시간 혈액형에 대한 통계를 나에게 맞춰 믿고 있다.

요즘 뭘 새롭게 배우러 다니기 시작했는데
그곳 강사에게 내가 물어보았다.

"혈액형이 어찌 되세요?"

아주 깐깐하고 너무 정확 세밀하게 수업하기에 좀 받아들이기 힘들지만
혈액형을 듣고 보니 나와는 아주 잘 맞는 혈액형이라 안도했다.
나이가 드니 이제는 별의별 것에다 다 의미를 부여하며 안도해 한다.

## 31

종이에 목탄 색연필

어슬렁어슬렁 돌아다니다가 스케치를 한다.
그림 속에 담기는 풍경엔 큰 이유가 없다.
느낌이 풍경 속에 묻혀 생경한 그림이 되기도 한다.

같은 곳을 여행하여도 사람의 마음에 따라
보고 느끼는 것이 다르다.
종이로 만든 복어 모양의 잠수함이 하늘에 떠 있다.
어디서 날아왔는지 까마귀 한 마리가 잠수함에 올라
아기 울음소리를 낸다.

아악~~아악~~
까마귀를 따라 꽃비가 초저녁의 밤공기에 춤을 춘다.
지는 해의 행동이 너무 빨라 사방이 금세 어두워진다.
사는 일이 '찰라'라고 하거늘 내 곁에서 그 '찰라들'의 순간이
허물을 벗다.

〈일본 여행 중 스케치하다 〉

# 나이는 숫자라고 하는데

어느 공연의 '앱'에 가입하려 했더니
나이 제한에 딱 걸려 가입이 안 된다.

주민등록번호를 치며 인증하는 난에 1957년이 마지막 인증 연도다.
올해 환갑이 되는 '정유년생'까지가 끝이다.
혹시나 해서 여러 번 확인해 보았지만 내게 해당되는 것은 없었다.
그 행사 업체에 전화해서 알아보았더니
죄송하다며 다른 사람의 이름으로 가입하면 잘 처리해 준단다.

나이에 대한 편견을 보고 들은 것이다.
나이 든 사람들은 컴퓨터나 스마트폰을 잘 사용하지 못하고
연극, 뮤지컬, 음악 공연은 자녀들이나 후배들이 예매해 주어야만
볼 수 있는 특별한 것이라고 생각하는지!
잠시 어이가 없었다.
시간이 많은 우리가 더 잘 보는데 그것을 모르다니.
물론 나보다 젊은 친구들이 스마트폰의 기능도 다양하게 사용하겠지.

나도 전화 걸고 받고, 문자 받고 보내고, 인터넷에서 물건 사고,
음악 듣고, 어학 공부하고, 구글이나 네이버 내비게이션으로 길도 찾는다.
물건도 사고 적립하고, 사진 찍고, 메일 쓰고, 인터넷 사용하고, SNS도 하고
젊은 친구들보다 그다지 잘못 사용하는 것도 없는데 무시당했다.
그래서 늘 편견이 문제다.

나도 잘한 것은 없다. 예전에 엄마가 나에게 뭘 물어보면 이렇게 대답했다.

"엄마는 모르셔도 돼요. 이야기해도 잘 모르실 걸요?"

엄마도 나처럼 새로운 것에 대해서 알고 싶은 것이 많았을 터인데
엄마 나이에는 이해하기 힘들 것이라는 편견을 가지고
엄마를 홀대한 것에 대한 벌을 지금 그대로 되돌려 받고 있는 듯하다.
세월에 걸쳐진 시간이 정말 빠르게도 지나가고 있다.

# 32

종이에 수채화

숲으로 들어간다.
촘촘하게 막아선 나무들 때문에 하늘이 보이질 않는다.
다른 곳은 초록의 잎들이 무성해지는데
이곳은 지난날의 기억을 떨쳐버리지 못해서인지
아직도 지난날에 대한 긴 꿈에서 깨어나지 못하고 있나 보다.

새들은 정직하고 부지런한 자명종 노릇을 한다.
새들이 울려대는 소리에 부스스 기지개를 켜는 소리가 들린다.
빠르지 않게 조금씩 느리게 시작하면 끝나는 것도 서두르지 않겠지.

세상의 시간들이 너무나 빠르게 스쳐 지난다.
봄도 여름에 묶어 할인을 하는 듯 '원 플러스 원'으로 지나려 한다.

문득 잎이 없는 나무들을 화폭에 채우고 싶었다.
초록의 잎들도 한 개씩 조갈 나게 천천히 느리게 그려 넣으련다.

# 된장을 만들어 먹어 봐

우리 아파트에 사시는 할머니께서 무릎이 아파서
잘 걷지 못한다고 하시기에 무릎보호대 두 개를 사다 드렸다.
그랬더니 할머니께서 손수 담그셨다는 3년 묵은 된장을 주셨다.

그 된장으로 국을 끓이고 쌈장을 만들었더니 식구들이 놀란다.
장맛이 좋은 것은 손맛과 정성이 듬뿍 들어간 된장이라 그런가 보다.

된장을 사다 먹다 보니 나도 된장이나 고추장을 만들어 먹고 싶다.
엄마가 만드시는 것을 어깨너머로 보긴 했어도
인터넷에 올라오는 장 담그기 레시피가 쉬워 보여도 엄두가 나질 않는다.

장독에 가득 담긴 고추장, 된장, 간장을 신주처럼 모시던 엄마
볕을 따라 장독 뚜껑을 신경 쓰시던 엄마의 정성이 그립다.

이제 나에게도 엄마의 정성을 흉내 내볼 시기가 온 것 같다.
잘 안돼 실패하면 자꾸 만들어 보면 잘 되겠지!

고추장보다 된장을 더 좋아하는 나
내 손으로 직접 만든 된장을 기대해 보며 메주를 골라본다.
된장 담그는 시기가 아니면 어때!
올해에는 나도 엄마 따라해 보기 원년으로 삼아보련다.

# 33

종이에 복합재료

고운 빛 꽃들이 떨어지고 나면
아기 손 같은 작은 잎들이 하늘을 가리는 우산이 되다.

초록색은 초록빛 그 자체로도 아름답다.
초록빛 속에 숨겨진 색들이 자연스럽게 어우러져 착하다.

덥지도 춥지도 않은 요즘이 참 좋다.
야금야금 길어지는 해님 덕분에 하루가 더 길게 생각되어 좋다.
시간은 늘 같은 길이이건만 마음먹은 대로 늘어나는 요즘이 좋다.

퇴직 후 처음으로 오롯하게 보내는 봄날
학교에서의 4월은 소풍이나 수련회 수학여행 준비로 분주했다.
아이들과 친해지지도 않았는데 4월의 행사는 늘 힘든 시간이었다.

저 무성한 잎들이 바람에 흔들리는 것처럼
내가 지나쳐 온 시간 속에서 만난 사람들도 저 나무보다 더 무성했다.
이제는 또다시 인연을 만들기가 어려울 것이라 생각했는데
살아가는 일 그 자체가 바로 인연의 끈을 만들어 내는 것인가 보다.

# 감기가 아니라 급성축농증이라고

성급한 마음에 졸랑거리고 다니더니 드디어 감기에 걸리다.
낮에는 더워 슬리퍼에 여름옷 차림으로 다니더니
감기몸살에 여러 날 밤 잠을 설친다.

콧물 흐르는 것이 잠잠하면 기침이 나오고
심한 기침으로 누워서 잠을 잘 수도 없는 상태가 되다.
온몸은 납덩이를 달고 있는 듯 무겁기가 천근이다.

어지간하게 아파도 병원엘 가지 않는다.
이번엔 고생할 대로 다 하고 동네 이비인후과 병원에 갔다.
코와 목 부분의 엑스레이도 여러 장 찍고
가슴도 찍어 보고 너무 친절한 의사 선생님을 만났다.

진단 결과 급성축농증이라고 한다.
3주가량 강한 항생제를 먹고 치료해야 완치가 가능하단다.
그리고 병원에는 3일에 한 번씩 와서 상태를 보잔다.

너무나 자세하고 친절한 의사 선생님 덕분에 마음이 심쿵했다.
내 몸도 나를 믿고 사는데 독한 약 때문에 일주일 해롱거렸다.
일주일치 약만 받고 주사 맞고 다시 병원엘 가지 않는다.

뭐 시간이 지나면 나아지겠지.
이 나이에 이 정도 아픈 것을 참아 낼 수 있어야지
엄살 부리지 말자.

## 34

종이에 아크릴 물감

노을의 붉은 빛이 긴 그림자를 만들다.
하늘의 노을이 차츰 붉어진다는 것은
봄이 더 짙어지고 나면 여름이 꿈틀거린다는 신호다.

어둠은 순식간에 세상의 밝음을 삼켜버리지만
눈보다 마음으로 보는 세상은 더 많은 이야깃거리를 준다.
전깃줄이 긴 줄넘기를 하는 듯 봄바람에 돌고 있다.
횡횡~ 전깃줄 위에서 줄넘기하는 새들도 붉은 노을이 삼킨다.

붉은 하늘의 노을빛이 나에겐 늘 그리움의 끝자락 같다.
아들 집 베란다에서 보이는 붉은 노을이다.
노을이 바다로 빠져드는 것을 보며 그림을 그린다.

한곳에 머물다가 제자리로 돌아오고 나면
다시 그곳으로 가기 위해 수없는 도움닫기를 해도 늘 어렵다.
원없이 바다를 보고 돌아온 지 얼마 되지도 않는데
또 두고 온 바다가 그립다.

〈영국 본머스의 아들 집 베란다에서 노을을 그리다〉

# 치과가 제일 무서운 곳이다

세상에서 제일 가기 두려운 곳이 치과지만
요즘 내가 치과에 출근 도장을 찍는다.

나이가 드니 몸의 이곳저곳에서 신호를 보내온다.
몸이 조금 피곤하면 잇몸이 아프더니 드디어 치통이 심해졌다.
이빨에 대한 통증은 아파보지 않은 사람은 이해를 못하지만
아파 본 사람이라면 치통이 주는 고통이 어떤 것인지 다 공감할 것이다.

사람의 정신까지 혼미하게 만드는 것이 치통인 듯하다.
우리 동네 '정 치과' 의사는 젊지만 여유롭게 치료해 준다.
아주 천천히 느리게, 아주 부드럽고 다정하게 진료한다.
동네 사람들은 빨리 낫게 해 주는 치과를 찾아가기에
'정 치과'에는 환자가 그다지 많지 않아 비교적 편안하게 치료를 받는다.

이번에도 내 아픈 이를 이리저리 살피며 두드려 보고
사진을 찍어 보더니 어금니에 금이 갔단다.
신경치료 후 이빨과 잇몸의 상태를 보고 그다음 진료를 결정하잖다.
서두르지 않고 부드럽게 치료해 주는 덕분에 치과에 대한
공포심이 어리광으로 변해 진료 후 내가 수다스러워진다.

환자가 별로 없는 치과라 여유가 있어 좋지만
이러다가 병원 문을 닫을까 봐 은근히 걱정이 앞선다.

## 35

종이에 복합재료

비가 온다.

온 세상이 입을 벌려 비를 마신다.

봄에 내리는 비는 세상의 모든 것을 밖으로 끌어내는 힘이 있다.

나무 속에 숨어 있던 새도 물이 올라 하늘로 오른다.


질서를 지키던 꽃들도 이제는 제 마음대로 순서 없이

세상을 원색의 순수함으로 물들이는 중이다.

겨울의 무거움을 환희로 바꾸는 봄의 속도에 우리는 탄성을 토한다.

산과 바다가 쌍둥이처럼 닮아가는 봄이다.

어김없이 찾아오는 봄이지만 봄은 언제나 나를 설레게 한다.


봄비를 따라다니던 시절을 그리워한다.

땅만 보고 살다가 비로소 하늘을 올려다보니 세상이 아름답다.

막 휴가를 시작한 것처럼 해 보고 싶은 일들이 꿈틀거린다.

해야만 하는 일이 아니라 하고 싶은 일들이!


봄날은 첫사랑처럼 순식간에 왔다가 사라질 것이다.

# 유모와 일본 여행을

봄의 경치가 아름다운 일본으로 여행을 다녀왔다.
여행을 떠날 때 가볍게 가방을 쌌는데
돌아올 때는 행복한 마음으로 가방이 터질 것 같았다.

내 아이들을 친자식처럼 길러 주신 내 아이들의 유모님에게
위로와 감사로 일본 여행을 선물했다.
날 좋은 봄날, 둘이 손잡고 홀홀 여행을 잘 다녀왔다.
먹고 싶은 것, 사고 싶은 것, 하고 싶은 것을 다 해 드렸더니
어린아이처럼 좋아하는 유모를 보니 내가 더 행복했다.

유모는 내 친정어머니와 맺은 인연으로 1984년부터 나와 30년을 지냈다.
물론 유모의 집에서 우리 집으로 출퇴근했지만
내가 행촌동, 역곡, 대림동, 도곡동 등으로 이사를 하여도
마포에서 이른 새벽에 출근하여 아이들 돌보기와 살림을 맡아서 해 주셨다.

내 두 아이들 돌보며 학교 보낼 시기에는 학교를 따라다니고
아이들이 아프면 병원으로 달리고, 내가 학교에서 근무하는 시간에는
유모가 나 대신 우리 아이들의 완벽한 엄마였다.
그랬기에 아이들은 내가 퇴근하여 집에 와도 유모와 떨어지지 않으려 했다.

내 어머니가 살아생전에 하시던 말이 내 귀에 늘 남아 있다.

"너의 소중한 자식을 길러 주는 사람이니 네가 유모에게 아주 잘해야 한다."

짧게 살다 가신 엄마는 손자와 손녀가 태어나 자라는 것도 보지 못하고
진리만 남기셨기에 나는 엄마의 말을 지키며 살았다.
유모 덕분에 33년의 교직도 잘 마쳤고, 두 아이들도 잘 길렀다.
그러기에 우리 아이들도 나에게보다 유모에게 속정이 더 깊다.

해외여행을 처음하는 유모에게 여행비도 챙겨 드리고
여행 중인 유모에게 전화로 건강 잘 챙기고 잘 다니라고 응원했다.
지금은 아이들이 다 자라 유모도 아이들 곁을 떠났지만
우리 아이들은 아직도 유모를 챙긴다.
낳기는 내가 낳았지만 기른 정이 더 끈끈하다는 것을
우리 아이들을 통해 잘 알 수 있다.

생면부지의 사람들이 인연을 맺고 반평생을 함께 지낸다는 것이
결코 쉬운 일은 아니지만 우리가 함께 할 수 있었던 것은
사랑하는 아이들이 인연의 끈을 단단하게 묶어 줬기에
혈육보다 더 깊게 교류하며 지내는 것 같다.

# 36

종이에 복합재료

숲으로 걷다.
안개비가 숲을 따라 나무로 서서히 스며든다.
이른 아침, 나보다 먼저 나온 새가 놀라 겅둥거린다.
내가 한 걸음 걸으면 새도 한 걸음 걷고 나와 마음의 거리를 맞춘다.

나무들은 겨울의 밀린 수다를 늘어놓고
아지랑이처럼 피어오르는 봄기운은 잔잔한 숲에 길을 낸다.
봄빛이 넘실거리는 숲
숲을 이루는 나무들도 순서 없이 마음껏 봄맞이를 한다.

봄볕에 수줍어하는 나무를 안아본다.
그리고 아주 조심스럽고 은밀하게
내 심장을 나무의 심장에 맞춰 본다.
나무의 심장과 내 심장이 한 개의 리듬을 만들며 뛴다.

하늘을 가린 큰 나무는 내 아버지의 넓은 가슴처럼 든든하다.

〈영국 여행 중 숲속의 풍경을 그리다〉

# 1984년도 6학년 14반

30년 하고도 3년이란 시간은 긴 시간이다.
초등학교에서 교편을 잡고 두 번째 해에 함께 했던 제자를 만났다.
서울 북가좌초등학교 1984년도 6학년 14반에서
일 년을 함께 보낸 제자

그 당시 13살이었던 제자와 담임교사인 나는 31살이었다.
우리 사이를 흐른 시간은 끝이 보이지 않는 길처럼 길었지만
다시 만나는 순간 33년의 시간이 힘없이 허물어져 내렸다.

활짝 웃으며 와락 안겨오는 내 제자에게서 13살의 모습이 보였다.
유난히 눈이 크고 예뻤던 수줍음이 많던 아이
60명이 넘는 아이들 속에서도 항상 내 눈에 들어있던 아이
아이들이 사육장에서 동물들을 돌볼 때 그 곁을 지켜보던 겁 많던 아이
내가 부르면 멀리서도 나를 향해 쾌속으로 달려오던 아이
유리구슬 속을 들여다보듯 우리가 함께한 시간들을 이야기하는 제자
나도 덩달아 마음이 1984년도 6학년 14반의 교실로 갔다.

사육장의 동물들이 우리의 가족이었던 일 년간의 만남이었다.
장구 치고 북 치며 매화타령을 부르며 공연했던 일
수업 시작 전 아침마다 책상 위로 올라앉아 명상을!

이론보다는 열정이 넘치던 나의 삼십대
그리고 초등학교 발령 후 첫 제자들과 다름없던 나의 별들!
우리가 함께 한 모든 순간을 소중하게 기억해 주는 제자
미숙했던 나를 아름답고 행복하게 기억해 주는 내 제자가 고맙다.

제자가 밥도 사고, 향이 짙은 커피도 샀다.
헤어지고 집으로 돌아오는 길에 제자에게 문자가 왔다.

"만남이 행복했어요. 그리고 언제든 맛난 것 사드릴게요."

행복한 마음에 시간여행을 멈추지 못하고 아직도 가슴이 설렌다.

# 37

종이에 수채물감과 색연필

바다와 하늘이 하나로 보이다.
바람의 마음에 의심 없이 몸을 허락하고
하늘의 심장으로 들어가고 싶어 하는 사람들의 군무

살면서 생각조차도 못해 본 일이 너무나 많다.
저들의 용기가 부럽고, 하늘을 자유롭게 나는 모습은 아름답다.

바람에 등을 기대어 앉아 하늘의 바람을 스케치북에 그린다.
이곳은 내가 사는 곳이 아니기에 '떠나야 함'에 늘 아쉽다.

아들이 나를 위해 저녁 준비를 마쳤다는 문자가 들어왔다.
하늘에 점 찍고 있는 사람들에게 큰 소리로 말한다.

"이봐요!! 저녁 먹으러 갑시다. 당신들의 엄마도 저녁 준비 중일 거예요."

바람을 따라 집집마다 저녁 식사 준비하는 냄새가 흐른다.

<영국 본머스 해변에서 바람을 만나다.>

179

*# 38*

종이에 복합재료

바람을 따라 바다로 이어지는 오솔길을 걷다 보면
며칠 보지 못했던 풍경들이 눈에 들어온다.

볕이 넉넉한 곳에선 꽃들이 계절을 무시한 채 피고지고 한다.
그러나 볕이 인색한 곳에선 마음 약해 용기 없어 숨어든 벌레들뿐
무엇이든 인심 좋아 넉넉한 곳엔 풍요로움이 있다.

양귀비처럼 생긴 붉은 꽃이 군락을 이루고 있는 곳에 멈췄다.
객지에서 말은 통하지 않아도 나를 편안하게 해 주는 것은 꽃들이다.
꽃밭 속에 앉으니 바다가 왈칵 내게 안겨 온다.

혼자 다니다 보면 여럿이 다니는 것보다는 외롭긴 해도
편견 없이 누구와도 친해질 수 있어서 좋은 듯하다.

〈지난 영국 여행에서 그린 그림 속으로 빠지다.〉

# 태풍과 구호품

어제는 하루 종일 비가 오더니
오늘은 하늘이 빗장을 열었는지 구름 사이사이로
파란 하늘이 옹기종기 작은 호수를 만들다.

가을 태풍으로 온 나라가 물난리와 바람 난리로 고생이다.
늘 비슷한 지역으로 태풍이 지나가기에
뉴스를 보면서도 마음이 안쓰럽고 죄송스럽다.

예전 학교에 근무할 때
우리 동네도 여름 장마 태풍의 피해 지역이었다.
툭하면 양재천이 넘쳐 그 주변에 살던 사람들은 비가 조금만 많이 와도
인근 학교 강당으로 피신하고 우리는 구호품을 보냈다.

양말, 비누, 치약, 수건, 담배까지 별의별 생필품을
광목으로 만든 자루에 담아 '수재구호품'이란 도장을 찍어 보냈다.
어느 학교가 몇 자루의 구호품을 냈는지 통계를 냈기에
선생님들은 매년 나라에 어려운 일이 생길 때마다 구호품을 걷었다.
구호품 자루가 채워지지 않으면 선생님이 구호품의 주머니를 채웠다.
요즘 같으면 말도 안 되는 일이니 격세지감이 느껴진다.

## 39

종이에 복합재료

영국에 사는 아들네 마당의 떡갈나무에는 네 마리의 청솔모가 산다.
이른 아침이면 총채처럼 생긴 꼬리를 이리저리 움직이며
나무에서 내려와 마당의 잔디 위를 뛰어다닌다.

영국에 있는 동안 녀석들의 먹이를 내가 구해 줬다.
그림 그리러 다니다가 땅 위에 구르는 도토리나 밤을 주워서
녀석들의 나무 밑이나 잔디 위에 넓게 펼쳐 놓았다.
내가 멀리 못 나가는 날엔 마트에 가서 땅콩을 사다가 주기도 했다.
크리스마스에는 호두, 아몬드, 말린 자두 등을 사다가 선물로 줬다.

부끄러움과 겁이 많은 청설모들은 내 방을 기웃거리다가
나와 눈이 마주치면 쏜살같이 나무 위로 줄행랑을 쳤다.
겨울이 오니 아들네 마당에 살고 있는 녀석들이 보고 싶다.
누구에게나 정을 쉽게 주는 내가 문제다.
쉽게 정을 떼어내지도 못하기에 늘 혼자 가슴앓이할 때가 많다.

"아들! 혹시나 너희 집의 청솔모 가족이 엄마 찾지 않니?"

# 앓던 이 빠진 듯

'앓던 이가 빠지니 시원하다'라는 말이 실감난다.
어금니에 금이 간 것을 타일러 가며 요리조리 잘 사용했는데
이제는 금을 씌운 속에서도 반란을 일으켜 잇몸에 문제가 되었다.

여러 날 이빨이 아파 두부도 딱딱하게 느껴지고
목 부분까지 부어 치통이 장난이 아니었다.
이른 아침, 치과 문이 열리기도 전에 치과 문 앞에서 기다린 후
예약도 무시 한 채 아픈 이빨을 치료해 달라고 졸랐다.
여러 날 이빨을 치료해도 차도가 없기에 그 아픈 어금니를 발치하기로 했다.

어금니 빼내기에 선뜻 동의하지 못하고 아픈 이를 부여잡고 살다가
드디어 이삼일 전에 이빨을 뺐다.
오매! 이빨 빼는 일이 아이 낳는 일보다 더 힘이 들었다.

이빨을 뺀 후 볼이 퉁퉁 붓고 얼굴이 풍선 아줌마처럼 변했다.
얼음 팩을 볼에 대고 있으려니 마비가 올 지경이지만 참고 있다.
부은 얼굴이야 시간이 지나면 서서히 나아질 것이고
무엇보다 아픈 이빨을 빼고 나니 아프지 않아 시원하다.
'앓던 이 빠진 듯 시원하다'라는 말에 동조한다.

이가 없으면 잇몸으로 산다고들 했는데
이제는 의술이 좋아져 6개월 후 임플란트를 해서 새 이를 만들어 준단다.
나이가 드니 몸에도 돈이 들어가기 시작한다.
아프지 않고 나이들 수야 없지만 살살 천천히 달래며 살아야지.

## 40

종이에 복합재료

비바람에 버티고 견뎌내는 은행나무의 근기가 대단하다.
우리 동네엔 아주 오래된 은행나무들이 많다.
나무도 오래되니 노란빛이 눈부실 정도는 아니지만
어지간한 비바람에도 끄떡도 없다.

어릴 때 은행잎을 책갈피에 눌러뒀다가 친구들과 나누기도 했다.
이제는 땅으로 구르는 은행잎을 선뜻 줍게 되질 않는다.
나에게도 낭만이라는 것이 다 메말랐나 보다.

아파트 거실에서 밖을 내다보며 흐르는 시간을 담다.
겨울밤의 어둠이 달도 갉아 내고 내 마음도 조금씩 갉아 내고 있다.

그리워하는 마음에 흔들림이 없이 이 겨울을 어찌 받아들일 수 있을까?
늘 그 자리에 서 있는 나무들을 보니 동생이 보고 싶다.

2018, G.YOUNG

# 땡땡이치기

"선생님! 제가 감기 몸살기가 있어서 내일 수업에 못 갈 것 같아요.
선생님만 좋으시다면 다음 주로 수업을 밀었으면 감사하겠어요."

오토캐드 수업을 해 주시는 선생님에게 문자를 보냈다.

"물론이지요. 건강이 우선이니 푹 쉬시고 다음 주에 뵙지요."

사실은 내가 며칠 동안 너무 바빠서 오토캐드 숙제를 하지 못했다.
숙제를 못했으니 빈손으로 수업을 들으러 갈 수 없기에 꾀를 부렸다.

예전 울 엄마 사전엔 아이들이 학교를 결석한다는 것은
뭐 세상이 두 쪽이라도 나는 것처럼 펄쩍 뛰셨기에
나에게 우등상은 없어도 학교 다니는 내내 개근상은 수두룩하게 있다.

학교 숙제를 못해 아픈 척하는 것도 단박에 알아챈 엄마였기에
아무리 아픈 시늉을 하고 굴러도 엄마에겐 통하지 않았다.
그래서 '아파서 병원에 입원해 보는 것이 소원'이라고
철없는 말을 하던 어린 시절도 있었다.

예전에 해 보지 못한 꾀부리기를 해 보니 맘이 짜릿해도
습관 된 감정 앞에서는 불편하다.

# 41

종이에 복합재료

볕이 머물다 지나가는 들녘엔
아직도 곳곳에 계절의 흔적이 숨겨져 있다.

사람의 마음만 계절을 당기기도 미루기도 하고 싶어 하지만
자연은 볕이 주는 대로 투정 없이 자신의 색을 지킨다.

겨울의 노을은 잠깐 하늘을 붉게 해 주다간
이내 어둠 속으로 숨는다.

차츰 짧아지는 낮 시간에 감질내며 하루를 보낸다.
아무 조건 없이 우리에게 골고루 나누어 준 시간을
맥없이 잃어버릴 때가 많다.

# 42

종이에 복합재료

겨울 속에는 사계절의 특징이 모두 숨겨져 있다.
입고 나갈 옷 때문에 매일같이 일기예보에 신경을 쓴다.
언제부터인지 겨울이 춥지 않고 봄과 가을의 날씨에 걸쳐져 있다.

영국의 겨울은 여름 풍경보다 더 초록색 천지다.
우리의 겨울도 언제부터인지 회색이 아닌 초록빛을 그대로 유지한다.
겨울은 겨울답게 눈도 오고 혹하게 춥기도 해야 하는데
계절의 특성이 실종된 요즘엔 계절이 주는 풍미를 찾을 수 없다.

집집마다 뜨거운 열기를 뿜어내고
버스정류장에도 비닐 텐트가 생기고
의자도 온돌이니 계절은 겨울이라 해도
세상은 겨울이라는 계절을 잃어버리고 있다.

빠이로 외투 주머니에 손을 넣어주던 이가 그리운 날이다.

# 옷 한 벌은 있어야지

매년 겨울이 되면 오래 입던 외투며 옷들을 또 입는다.
오래 입은 외투며 옷들은 해져 구멍이 나고 너덜거리는 것도 있다.
그런데도 그것을 쉽게 버리지 못하고 올겨울에도 또 입고 있다.

물론 새로운 옷을 사기도 하지만
새 옷들이 내 몸에 길들여질 때까지는 한참을 옷장 속에서
나와 눈팅만 하는 정도로 쉽게 밖으로 나오질 못하고 겨울을 보낸다.

영국 시골의 버스 속에서 만나 이들의 모습과 내가 닮아간다.
구멍이 뚫리고 올이 풀어진 스웨터를 입고도 남을 의식하지 않고 다니는
이들은 옷에도 추억을 주렁주렁 달고 다니는 듯하다.

내 오래된 외투의 팔 소맷자락이 세월에 스쳐 다 닳았다.
그 소매에 무엇이든 덧대야 하겠는데 옷과 색을 맞추기 힘이 든다.

올겨울에 수선을 해서 입으면 또 오래 입을 수 있겠지!
울 엄마가 노상 하시던 말씀이 생각난다.

"거지도 선볼 날이 있으니 말끔한 옷 한 벌은 있어야지?"

어릴 때 엄마가 말려도 이 옷 저 옷 마구 휘저어
바꿔 입는 것을 좋아했는데 그 열정이 어디로 다 빠져나갔을까?
세탁기도 좋고 세탁소도 가깝게 있는데 무엇이 나를 게으르게 하나!

# 43

종이에 복합재료

어둠은 바람처럼 가는 물줄기처럼 살금살금 도시를 삼킨다.
요즘에는 밤이 되어도 온전한 어둠을 볼 수 없지만
겨울 밤공기를 따라 스며드는 어둠은 밀물처럼 속도가 빠르다.

하늘이 바다인 양, 바다가 하늘인 양 내 눈을 속이는 풍경을
그림에 담다.
지난봄이 너무나 힘들고 슬펐기에 매일 울면서 지내던 세월이
더 슬프고 억울해서 그림도 글도 화폭에 담을 수 없었다.

세월은 세상에 존재하는 이들의 주변을 늘 어슬렁거린다.
세월은 언제나 소용돌이를 만들면서 우리의 곁에 있음을 잊고 산다.
내가 사랑하고 아끼던 이들은 세월의 어느 틈에 멈춰져 있을까?

# 절약 정신이 아주 강하신 분

나의 시부님은 절약 정신이 아주 강하신 분이었다.
자수성가하시고, 평생 은행원으로 생활하신 이유도 있었겠지만
종이 한 장, 물 한 방울, 전기 사용 등 모든 것을 절약하셨다.
그러기에 시댁에 가면 시부님이 모아 놓으신 재활용 물건들이 많았다.

특히 겨울밤은 일찍 시작하기에 어둠도 더 짙었다.
그러나 운동장처럼 커다란 마루에도 아주 작은 전구만 켜 놓으셨기에
마루로 나가려면 소경이 발밑을 두드리며 걷는 것처럼 더듬거려야만 했다.

시부님이 지나가시는 길은 언제나 깜깜한 암흑이었다.
전기를 아끼라는 말보다 전기 스위치를 끄고 다니시는 것이
우리 가족 모두에게 더 기억되는 일이었다.

그래도 일 년에 단 하룻밤은 불을 밝히셨다.
연말이 되어 가족들이 모두 모여 새해를 맞이할 섣달그믐날 밤.
그날만은 마루의 전등도 마당의 석등도 모두 허용하셨다.
묵은 기운은 다 보내고 새해의 좋은 기운을 받자는 의미로 불을 밝히셨다.

우리 집 남자와 시모님은 시부님의 불 끄기를 몹시 싫어했다.
그래서인지 우리 집 남자는 온 집안에 크고 작은 등 모두를 켜둔 채
긴 겨울밤을 대낮처럼 지내길 좋아한다.
시부님이 살아 계신다면 우리 집의 전깃불도 관리하셨을 것이다.
다 우리 시부님의 절약 정신 때문에 우리가 잘 사는 것을 모른 척한다.

# 44

종이에 복합재료

세월이 우리의 곁을 쏜살같이 지나가는 것이 아니라
우리가 세월의 곁을 달리듯 지나가면서 세월을 탓한다.

나무들은 겨울의 긴 잠을 여유롭게 받아들이며
다시 새롭게 움트고 올라 올 새로운 봄을 준비하는 중이겠지.

초록색의 나무들을 좋아하지만
땅을 닮은 황토색의 나무들도 좋다.

노을을 배경으로 두고 한 쌍의 새는 나지막한 소리로
무슨 이야기를 주고받는 중일까?

군더더기 한 개도 허용하지 않은 노을 깔린 겨울 하늘이 좋다.
나도 새들 사이에 껴서 그들의 이야기를 듣고 싶다.

# 도서 대출

학교에 근무할 때 매년 연말이면 최고 도서 대출 학생에게 상을 줬다.
학교 도서관을 이용하여 책을 가장 많이 빌린 자에게 주는 상이니
아이들에게나 담임이나 학부모들이나 관심이 높았다.

학교 도서실 사서는 재미 삼아 교사들 대출 현황도 조사하여
교무실로 넌지시 흘려 넘겼다.
업무에 바쁜 선생님들은 학교 도서실의 교양서적까지
빌려다 보면서 대출 일을 맞추기가 어려워 도서실 이용은 힘들어했다.

나는 담임도 아니고 미술 교사이니 비교적 여유로운 시간이 있기에
학교 도서실 이용이 잦았고 내가 좋아하는 책들도 많아
연말 도서 대출자 최고의 명단이 오르면 내 이름도 올라왔다.

학교를 마치고 나니 제일 아쉬운 것이 책을 빌려 보는 것이다.
그래서 우리 동네 문화정보센터에 등록하고 책을 빌려 본다.
빌려주는 책은 다섯 권이고 대출 기간은 2주일,
대출반납일 하루 전에는 휴대폰에 책 반납일 안내가 온다.

요즘엔 주로 산문집을 빌려 보는 중이다.
외국 작가들의 책은 등장인물의 이름을 기억하기가 어렵고
우리나라 젊은 작가들의 연애소설이나 환타지 글들은 싱겁다.

요즘 내 머리에서 상상력 세포가 차츰 사라지는 중인가 보다.
오늘은 빌려 온 책을 반납하러 동네 도서관에 간다.
2주일 동안 그림 전시회로 바빴기에 책 다섯 권을 대충 보고 돌려준다.

## 45

종이에 복합재료

어둠을 밀어내고 조용히 올라오는 해오름
붉은빛이 순식간에 하늘을 물들인다.

해와 달 오름을 보면서 습관처럼 다짐하는 것이 있다.
"언제나 그리움은 약하게 만들며 살아내길!"

하늘은 넓고 끝없이 펼쳐지는 해오름은 신선한데
새들은 마을을 떠나지 못하고 기웃거린다.

모든 일들은 가면 오고, 오면 가고를 반복하고 있다.
지금 이 순간도 왔음에 벌써 간다.

우리가 살아내는 세상은 망망한 바다다.

종이에 복합재료

경자년 새로운 날들을 새 기분으로 받아 본다.
겨울비가 온 세상을 물청소한 느낌이다.
겨울비가 주는 시원한 냄새를 그림에 살짝 담아 본다.

봄이 시작되려면 아직도 한참의 시간이 남아 있는데
성질이 급한 녀석들은 벌써 움찔거리며 밖을 기웃거린다.

우산을 접고 비를 맞으며 걸어 본다.
찰진 겨울비는 순식간에 나의 옷을 흠뻑 적신다.
내 모습을 본 나무들과 새는 박장대소를 하고 웃는 듯하다.

발가벗은 채 겨울비를 맞고 있는 나무와 새처럼
나도 새로운 마음으로 새롭게 시작한다는 기분을 느끼고 싶다.

# 이불 빨래

세탁기에 이불을 넣었다.
요즘엔 세탁기에 이불을 넣어도 세탁기가 알아서 다한다.
이런 것을 내 엄마가 보셨다면 깜짝 놀라셨을 것이다.

울 엄마의 일 중 가장 힘든 것이 이불 관리였다.
겨울철 이불 관리는 이불깃에 동정을 달았다 떼었다 교체하는 일이다.
이불깃 동정을 손세탁한 후, 양잿물에 삶고, 풀을 먹이고
그것을 물질하여 발로 꼭꼭 밟은 후 이불에 대고 꿰매는 일이다.
우리 집 이불엔 동정 덕분에 이불에도 머리와 발 부분이 정해졌다.

씻지 않고는 절대 이불을 꺼내 덮을 수 없었고
목이 닿는 부분과 발이 닿는 부분을 바꿔서 덮어도 지적사항이었다.
가끔은 풀을 빳빳하게 먹인 이불 동정이 생각난다.
새로 동정을 달아 바느질을 한 날엔 목이 베일 정도로
풀 먹은 동정이 시퍼런 칼날처럼 보였기에, 구기느라 손으로 문질렀다.
그래도 새 이불 동정의 풀 냄새와 서걱거리는 소리는 좋아했다.

엄마의 겨울은 너무나 고단한 계절이었음을

내가 살림하면서 알았다.

요즘에야 이불에 머리와 발 부분의 구별이 없다.

또 대용량 세탁기에 넣고 빨아 건조기로 돌리면 바로 사용할 수 있다.


세탁기에서 이불 세탁이 다 되었다고 나를 부른다.

## 47

종이에 복합재료

한낮 기온이 봄 날씨 수준이다.
여기저기서 고개 내미는 이른 꽃들의 수다가 감지된다.
나이 들어서는 자연 속에서 화단을 소유하고 싶었는데
나의 인생 계획은 자꾸 엇나가고 있다.

어김없이 반복되는 자연의 고리 속에 있으면서도
머리가 나빠서인지 새로 시작되는 절기 문턱에서는 속앓이한다.

봄은 땅으로부터 시작하기에 회색의 겨울이 사라진다.
보름달 위에 올라앉은 새들은 멀리서부터 시작되는 봄맞이한다.
겨울이 다 갔다. 또 한 개의 그리움을 남기려한다.

# 서운한 맘은 뭘까~!

시모님이 계실 때만 해도 지금쯤은 무척 분주한 설밑이었다.
며느리 둘이 다 일을 하는 사람들이라 시모님은
명절 즈음에 이런저런 불만이 많으셨을 것이다.
그런데도 아무 말씀 안 하시고 도우미 아주머니와 함께
명절 음식 준비를 다 하셨다.
장 보는 일부터 명절 음식 만들기까지 하셨다.

시모님의 일은 명절 즈음에 최고치에 도달하셨을 터인데도
아무 말씀도 없이 매년 명절 음식을 정성껏 준비하셨다.
그리고 늘 입버릇처럼 하시던 말씀이 있으셨다.

"내가 죽으면 아무것도 하지 마라.
 내가 좋아하는 커피 한 잔만 차려 놓고 차례를 지내거라.
 이런 일들은 다 부질없다."

시모님의 말씀이 현실이 되리라고는 누구도 믿지 않았다.
시모님이 가신 지 두 번째 명절이 왔다.
정말 시모님 말씀대로 우리는 아무것도 하지 않고
산소에서 성묘하는 것으로 어머님의 유지를 받든다.

힘들어서 온갖 잔소리를 다하던 명절인데 서운한 맘은 뭘까?
아침 식사를 하면서 남편과 이야기했다.

"여보! 우리도 하트만 없으면 내년에라도 구정 설에
   영국에 있는 아들에게 다녀옵시다.
   혼자 지내는 아들을 보러 갑시다."

말을 하고 나니 허전했던 가슴이 갑자기 희망으로 채워진다.
서울서 영국이 어디라고 열세 시간 왕복 비행기 타고 그곳엘……

오늘은 나도 나물이며, 전거리를 사러 나가야겠다.
설날 오후에 딸과 사위가 온다고 하니 나도 준비해야지.

## 48

종이에 복합재료

해 내림에 서녘 하늘에 불이 났다.
거실 서쪽 창으로 해 내림의 붉은색이 들어온다.
겨울의 해 내림은 너무 짧은 시간에 번개 같은 빛만 남긴다.

붉은색을 좋아하지만 겨울 하늘이 보여주는 붉은색은
쓸쓸하다.
새들은 무엇을 바라보고들 있나!
바라보는 곳이 제각각이네.

## 당장 병원에 다녀오라고

나는 미련해도 아주 많이 미련한 사람이다.
눈꺼풀 안쪽으로 팥알 크기의 다래끼가 생겼다.
눈이 나쁘니 피곤하고, 스트레스가 생기면 그 화가 눈으로 온다.

예전 같으면 눈이 조금만 불편해도 즉각 안과에 갔다.
그러던 내가 집에 있으면 두문불출형이라 약국에서 약을 사다가
며칠을 치료했더니 다래끼가 더 커지고 단단해졌다.

딸이 내 상태를 듣더니 당장 병원에 다녀오라고 애걸했다.
안과에 가니 언제부터 이러냐고 묻더니 시술을 했다.
한쪽 눈을 거즈로 막고 있으려니 세상이 반쪽으로 보였다.
어릴 때 눈에 다래끼가 나면 노랗게 곪을 때까지 기다렸다가
그 부분의 눈썹을 뽑아 멀리 버리고 소독한 바늘로 땄다.

엄마의 다리가 수술대처럼 내가 움직이지 못하게 나를 누르면
나는 악을 쓰면서 발악하며 울었던 생각이 난다.
내 어릴 때 안과, 이비인후과, 피부과 등의 병원이 따로 없었다.
동네에 있던 '성심의원'에서 모든 진료를 다했다.

'성심의원' 의사 선생님이 내가 태어날 때도
우리 집으로 왕진을 오셔서 나를 감자라는 기구로 꺼냈다고 한다.
우리 동네 아이들도 거의 다 성심의원 의사 선생님이 받으셨다고 했다.

1954년도 이야기다.
동네 산파가 아이들을 받던 시절이 있었다.

## 49

종이에 복합재료

세상은 이미 붉은 빛의 온기로
'어느 꽃, 어느 나무가 먼저 입을 열 것인가?'
내기라도 할 참인 듯하다.

꽃도 나무도 몸이 근질거리는지 바람에 흔들리고
봄볕에 흔들려 조만간 너나 할 것 없이 아우성 칠 것이다.

하얀 달 속의 동네는 아직 겨울을 못 버리고 있는데
우리 동네는 붉은 봄빛으로 나를 나오라 부른다.

종이에 복합재료

경칩의 아침
봄이 오는 길목엔 많은 장해물이 숨겨져 있나 보다.

힘이 쎈 바람이 창문을 사정없이 흔들어대더니
후드득 비가 뿌리더니 눈으로 바뀐다.

이른 봄맞이 차림으로 거리로 나갔다가
추위에 떨던 기억은 누구에게나 있을 듯하다.

젊어서는 봄의 야속한 추위도 견딜만했는데
나이가 들어서는 무슨 일에서든 용기보다 겁 많은 달팽이처럼
내가 만든 등딱지에 숨기를 주저하질 않는다.

기다리는 이들이 많으니 뽐내며 등장할 만도 한 봄날
내 그림 속의 봄도 어수선한 세상의 모습이 담겨지다.

2020. S.YOUNG

# 화초 기르기도 정성이 담겨야 한다

내 엄마는 화초 기르기를 좋아하셨다.
경칩이 되면 지난 가을에 받아 둔 꽃씨를 봄볕에 내놓으시고
그리고 작은 화단의 흙들을 매일 뒤집기 시작하셨다.

그 작은 화단에 한약 찌꺼기, 생선 씻은 물, 쌀뜨물 등
흙에 영양분이 될만한 것들을 계속 붓고 뒤집고 하셨다.
요즘같이 아파트에 살면 어림도 없을 흙에 영양분 넣어주기 행동이다.

장독대 위로는 크고 작은 화분들이 방안에서 나와 일광욕 중이고
저녁에 기온이 떨어지면 그 화분들을 다시 마루로 들여놓으셨다.

엄마는 지루하고 힘들지 않은지 화초들을 위한 봄맞이를 매년 하셨다.
엄마 덕분에 우리 집 마당엔 여러 종류의 꽃들이 피고 지고
동네 사람들은 엄마의 화단을 늘 부러워했다.
엄마가 오래 사셨더라면 우리 자매는 엄마에게 온실을 선물했을 거다.

나도 엄마가 하듯이 봄맞이 준비를 베란다의 화초들부터 한다.
화분의 위치 바꿔주기, 영양제 넣어주기, 창문 열어 환기시키기

가지치기를 다해 버린 난초들도 꽃을 피웠고
돈이 생긴다는 동전 화초도 잎이 무성해서
동전이 아니라 지폐 돈을 불러들이게 생겼다.

## 51

종이에 복합재료

세상 물정 모르는 봄은 거리를 접수하고 있다.
우리들의 속내도 모르는 봄은 우리를 무작정 기다린다.

뺨을 치며 흐르는 바람이 감미롭다.
동네 놀이터엔 아이들과 새와 봄바람뿐이다.
아이들이 왁자지껄 까르르하면 새들과 바람이 화답한다.

봄이 주는 핑크빛 바람을 맞으며
동네를 화사하게 해 주는 봄꽃들을 찾아 두리번거린다.

요즘 같아서는 봄을 놓치고 여름이 왈칵 덤벼올까 두렵다.

# 동생의 어릴 때 친구

내가 어릴 때 살던 삼선동 5가 동네에는
나이에 따라 형, 누나가 되기도 하고 동생이 되기도 했다.

우리 삼형제가 태어났고, 자랐던 그 동네를 떠난 것은
내 나이가 27살이 되던 해였다.
그러니 내 동생들도 모두 20살이 넘어 동네를 떠났는데도
우리 삼형제는 종종 삼선동 5가 우리의 옛집을 찾곤 했다.

그중 남동생은 어릴 적 동네 친구들과 계속 연락하면서 만났다.
어릴 때 나를 따라다니던 동생 친구들도 여럿이었다.
그 동생 친구들을 40년 만에 동생의 장례식장에서 다시 만났다.

동생 친구 중 유독 나를 따랐던 녀석이 나에게 꾸준히 안부 전화를 해 온다.
동생 친구는 어려서부터 외동이었기에 누나가 있던 내 동생을 부러워했다.

"누나! 요즘엔 어떻게 지내셔요? 매형은?"

내 동생이 나에게 하던 것처럼 미주알고주알 당부한다.
동생이 세상을 버린 작년엔 그 녀석의 전화 받길 내가 거부했다.
녀석의 전화를 받으면 번번이 울음부터 터지기에 힘들었다.
녀석은 조금 뜸하게 나를 기다리더니 다시 전화를 해 온다.
사는 이야기를 주절주절하면서 나를 위로한다.

"누나~ 누나~ 코로나가, 또 자기 손자가~ 요즘엔~"

계절이 바뀔 때면 내 동생에게 늘 했던 것처럼 봄옷 매장에 나가
한 개는 내 동생 것, 한 개는 녀석의 것으로 두 벌 샀다.
동생 친구에게 편지를 쓰고 옷 두 벌을 다 소포로 보내려 한다.
녀석이 오해를 하거나 불편해할지도 모르지만 그냥 모른척 할 거다.

## 52

종이에 복합재료

나이가 든 나무들은 말하지 못할 사연들을 지닌 듯하다.
우리 동네에도 오래된 나무들이 많다.

아주 넉넉한 잔가지와 나뭇잎들이 그늘도 만들어 주고
새들에겐 집터도 넉넉하게 내어준다.

우리 동네 전체로 요 며칠 나무들의 가지치기가 시작되었다.
자라고 몸을 만드는 데 40~50년 넘게 걸린 나무들이
깡뚱하게 다 잘려 나가고 몸뚱이만 남는 데 걸리는 시간은 몇 분이었다.

기계톱에 잘려 나가는 나무들을 보고 있으려니 가슴이 아프다.
다 나무들을 위한 것이라 말하지만 뭣이 나무를 위한 것인지!
잘려 나가는 나무들을 보면서 혼자 속앓이를 한다.

2020, S. YOUNG

# 옷 바꾸기 작업은 늘 밀린 숙제와 같다

봄맞이를 하지도 않았는데 곧 여름이 올 것 같다.

계절에 따라 매년 옷을 넣고 바꾸는 작업이 힘겹다.
특별하게 직장에 나가지 않으니 겨울에도 옷 한두 벌로 났다.
겨울옷들이 다시 장롱 깊은 곳으로 들어가야 한다.
엉거주춤하다가 작년에도 때를 놓치고 입지 못한 옷들이 많다.

공간이 넓어 옷 방이 넉넉하게 따로 있으면 모를까!
나의 고단한 옷 바꾸기 작업은 늘 밀린 숙제와 같다.
내가 투덜거리기라도 하면 우리 집 남자 얄밉게 공격적으로 나온다.

"그러기에 전원주택으로 나가서 살면 공간을 넓게 쓸 수 있다니깐.
  늘 당신이 이 답답한 아파트를 고집하니 자업자득이요."

늙어 갈수록 위로와 격려의 말보다 공격적인 말만 하는 사람
도대체 그의 진정한 정체를 알고 싶을 때가 많다.
둘이서만 살다 보니 이야기를 주고받는 사람이 남편뿐이니
얄미울 때도 많고, 측은지심이 발동할 때도 많다.

금세기 처음으로 남편의 봄 잠바를 사다가 걸어 놓았다.
퇴근 후 새 옷을 보면 뭐라고 할지 궁금하다.
늘 자기 옷은 자기 손으로 사서 들고 오는 사람이다.

옷장을 정리하면서 또 많이 비워내야겠다.
올여름에도 한두 벌만 가지면 여름을 잘 보낼 것 같다.

3 ——

## 53

종이에 복합재료

지난해 봄은 쌀쌀한 바람으로 거리에 나서기 힘이 들었다.
올봄엔 봄도 세상의 어려운 사정을 아는지
누가 보지 않아도 잘 보내려고 홀로 안간힘을 쓰고 있다.

봄볕에 꽃봉오리가 팝콘 터지는 소리를 내며 만개한다.
어느새 봄볕이 넘치고 넘쳐 초여름의 느낌이 들기도 한다.

새들은 집을 다 짓기도 전인데 사랑타령을 한다.
새들이 목청 높여 사랑을 부르는데 누구도 들어주지 않으니
나라도 화답을 해야 될 것 같다.

# 동네의 대중목욕탕

우리 동네 대중목욕탕이 거의 두 달째 문을 닫았다.
27년 동안 이렇게 오랫동안 문을 닫은 일이 없었다.

목욕탕 주인은 대소사에도 남을 시켜서 목욕탕은 열었었다.
그러나 코로나바이러스가 산불처럼 번지기 시작할 즈음에는
목욕탕 입구에 안내문을 써 붙였다.

〈코로나가 지나갈 때까지 잠정적으로 목욕탕 영업을 안 합니다.〉

우리 동네 단골들은 아쉬웠지만 모두의 건강을 위해 참았다.
그러나 두 달이 되어 가니 모두들 불평을 토하기 시작했다.
그리고 나에게 문자를 보내는 동생도 있었다.

〈언니~~! 목욕탕 문 아직 안 열었나요?〉

나도 영국에 있으면서 제일 그리웠던 놀이가 목욕탕 가기였다.
귀국하자마자 영국 초콜릿을 들고 목욕하러 가는 것이 낙이었다.

코로나바이러스가 우리에게서 빼앗아 간 것이 너무 많다.
아주 소소한 기쁨과 위로마저도 앗아갔기에 서글프다.
오늘도 반찬거리 사러 나가는 길에 목욕탕 앞을 지나갔다.

굳게 닫힌 문 앞에서 바람에 펄럭이는 안내문이 꼬질꼬질하다.
언제가 되어야 학교에서 아이들 떠드는 소리가 동네에 가득하고
목욕탕에서 만나 지난 이야기 쏟아내는 아낙들의 수다가 창문을 넘을까?

"범사에 감사하라!!"

내가 좋아하는 문구가 문득 떠오른다.

# 54

종이에 복합재료

왕벚나무 벚꽃 나무마다 꽃이 활짝 폈다.
나무 밑에 서면 바람이 꽃잎을 뿌려 준다.
우리 동네의 봄 풍경은 시골의 산골 느낌이 난다.

오래된 나무들이 고혹한 자태로 존재함을 알려준다.
멀리 나가지 못하니 동네를 돌고 또 돌며 걷는다.
그동안 보지 못했던 풍경들이 눈에 들어온다.

내 울타리 안에 있는 꽃들을 자세히 보지 않고 그동안 무심했었다.
누구의 말대로 '자세히 보니, 오래 보니 다 아름답다.'

늘 내 곁에 있는 것들에 대해 내 무심했음을 반성하는 중이다.

# 내 동생 순신이

이른 아침 출근 중이라며 동생에게 전화가 왔다.

"언니, 오늘 우리 점심이나 먹을까?"
"그래 좋지. 그러면 점심시간 맞춰서 우리 집으로 오너라!"
"언니, 그냥 밖에서 만나서 먹자. 난 그 동네에 가기 싫어! 언니 알잖아.
  소명이가 가고 난 뒤엔 그쪽으로 고개 돌리는 것도 싫어."
"언니는 일부러 소명이네 집 앞으로 지나다니고 그런다.
  우리가 마음으로 잘 떠나보내야지. 아무 말 하지 말고 오너라."

오늘은 우리 막냇동생이 세상을 버린 지 꼭 일 년째 되는 날이다.
내 여동생도 그래서 이른 아침에 헛헛한 마음을,
슬픈 마음을 나에게 토해내려고 전화를 한 듯하다.

동생의 아들은 미국에서 자기 아빠를 추모한다고 했고
우리는 '부모님과 동생'을 함께 묶어 합동으로 한식날 추모했다.

이 세상에 우리와 함께 있다가 흔적 없이 사라지는 것
사라지고 나면 영영 다시 볼 수 없는 것
부모님과 이별도 했고, 지인들과 이별도 했는데도
영영 이별은 어떤 경우로도 적응이 안 되고 가슴이 너무나 아프다.

사별이 주는 고통과 아릿한 마음은 자꾸 생채기가 덧나기에 쓰리고 아프다.
세월이 오래 지나가도 그 상처는 늘 아문 듯 보여도 살짝 건드리기만 해도
터지고 피가 철철 흘러내리기에 오감이 마비되는 듯하다.

내 동생이 좋아하는 잡채며, 된장국도 끓이고, 계란찜도 만들고
모처럼 어릴 때 생각하면서 집밥을 함께 먹게 되어 좋다.
아마도 시간을 칼같이 지키는 동생이라
점심시간인 12시 정각에 딱 맞춰서 우리 집 초인종을 누를 것이다.

엄마가 나에게 주신 내 동생들. 이제 하나만 남았다.
엄마 대신이니 언니 노릇 잘하라고 날마다 툴툴거리던 내 동생!
나이를 먹어도 내 동생은 내 눈엔 언제나 삐삐머리를 한 꼬마다.

"신아~~! 언니가 너에게 잘할게!"

## 55

종이에 복합재료

혼자 열심히 달리기하는 봄봄.
사람이 드나들지 않는 숲으로는 새들과 나무가 수군댄다.

우리 집 베란다 창으로 대모산, 우면산, 매봉산의 풍경이 흐른다.
갈빛의 산이 연두색과 초록색의 바탕 위로 무지개색의 꽃들이 오른다.
매일 보는 산이지만 매일, 매년 다르게 보인다.

언제부터인가 올라가는 산보다 바라보는 산을 더 즐긴다.
그래서 산이 병풍처럼 빙 둘러 있는 우리 집 거실 창이 좋다.

동쪽 창에서 흐르던 바람이 서쪽 창으로 빠져나간다.

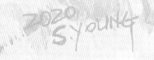

# 엄마의 재봉틀

내가 아주 어릴 때, 엄마는 삯바느질을 하셨다.
마루알처럼 까만 앉은뱅이 손재봉틀이 쉴 없이 달렸다.
그리고 엄마는 언제나 골무와 여우주둥이를 닮은 인두를 들고 계셨다.

작은 화롯불에 달궈진 인두로
바느질의 각을 잡던 엄마의 손놀림은 예술이었다.
엄마가 잠시 일손을 멈추고 재봉틀을 두고 나간 사이에
나도 엄마를 따라 인두질을 하다가 손목을 인두에 데었다.
인두에 데인 둥근 자욱이 아주 오랫동안 엄마와 나를 힘들게 했다.

그후 바느질 방엔 들어가지 못했지만
나는 재봉틀의 덜그럭 소리를 좋아했다.
엄마의 재봉틀 돌아가는 소리는 기차 달리는 소리와 같았다.
쉴 없이 원을 그리며 손목을 돌리면 재봉틀은 기찻길과 비슷하게 생긴
실밥을 만들며 옷감을 방바닥으로 미끄러지듯 떨어뜨렸다.

주로 한복을 만드셨기에 방안 가득히 색이 고운 옷감이 널브러졌다.
한복감의 자투리로 만든 밥상보, 밥주발의 모자 등 다양했다.
엄마의 응용력 또한 뛰어났기에 주문량도 많았다.

아버지가 미국 유학을 마치고 돌아오셨을 즈음에
엄마의 삯바느질도 끝이 났던 것으로 기억된다.
엄마가 사용하시던 싱거 손재봉틀도 내가 한동안 사용했다.
울 엄마의 작은 소망은 '발재봉틀'을 한 대 갖는 것이었다.
그러나 지금 내가 사용하는 재봉틀은 발재봉틀도 아닌 전동재봉틀이다.

엄마는 전동재봉틀은 보지도, 알지도 못하고 세상을 버리셨다.
엄마가 계셨더라면 정말 해 드리고 싶은 것이 너무나 많다.
엄마가 원하는 것 모두 다 해 드리고 싶다.

# 56

종이에 복합재료

보름달이 밤하늘을 환하게 밝히고 있다.
열어 둔 창으로 이팝나무의 달콤한 향기가 바람에 업혀 오다.

달빛에 이팝나무의 하얀 꽃송이가 황금빛으로 물들다.
창 너머로 보이는 이팝나무 숲과 아카시아 숲이 내기를 하나 보다.

봄의 실종으로 바득하게 다가온 여름의 기운이 밉더니
자연은 우리의 마음을 달래기라도 하듯 이팝나무의 향기를 준다.

대낮처럼 밝은 보름달이 서쪽 창을 두드리기에 잠을 잊는다.
초여름의 바람이 나무를 흔들다.
바람에 흔들리는 나무들이 파도처럼 넘실넘실 창으로 흔들다.

생각해내지 않아도 좋을 슬픈 기억들이 파도처럼 가슴으로 밀려온다.
혼자 깨어있는 밤에는 누구에게라도 위로받고 싶다.

# 대학에 들어가고 보자

드디어 5월이 시작되었다.
고등학교 졸업하고 대학에 가면 제일 먼저 하고 싶은 것
공책 가득히 써 놓고 동그라미를 몇 번씩 치기도 했던 것

대학 입학 후 첫 축제에는 잘 생기고, 키 크고,
좋은 학교 다니는 파트너와 함께 5월 축제에 가는 것

그림을 그리다 말고 깨가 쏟아지는 우리의 키득거림을 보시던
미술 선생님은 우리의 머리를 한 대씩 쥐어박으시며
촌철살인적인 발언을 폭탄처럼 던지셨다.

 "공부도 그림도 열심히 해야 대학에 들어가기나 하지,
  매일 땡땡이칠 궁리만 하면서
  어찌 좋은 대학에 다니는 잘생긴 녀석을
  만날 수 있을 거라는 망상을 꿀떡 먹듯 하느냐?
  꿈도 야무지게 꾸는 너희들은 정말 답이 없다. 답이 없어."

그런 폭탄 발언을 누구도 현실적으로 실감하지 못한 5월의 어느 날.
고등학교 3학년의 5월은 정말로 설렘과 고통이 반복되던 시기였다.
1972년에 대학입시에 실패하고 여자가 재수를 한다는 것은
부모님의 경제력과 확고한 교육관이 없으면 택도 없는 일이었다.

선생님의 촌철살인적인 말과 아버지의 폭탄 발언 덕분에
1973년에 대학에 들어갔고, 들어가자마자 미친 듯 미팅을 했다.
그리고 5월의 축제가 열리는 학교마다 휘몰이를 하고 다녔다.
놀기 위해서 대학에 들어간 것처럼 노는 데 진심을 다했다.
정신이 혼미할 정도로 막걸리도 마셨고,
통행금지 임박한 시간에 집으로 달렸고,
머리는 길게 길러 아무리 더워도 묶지 않고 다니느라 공포영화 수준이었다.

대학에 들어가고 보니 재미나고 신나는 일만 매일 같았다.

# 57

종이에 복합재료

여름의 긴 여운은 아직 곳곳에 남아 있다.
나무들의 단풍도 내 흰머리처럼 두서없이 이곳저곳이 붉어진다.
여름에는 나무들의 이름이나 본연의 자태를 무성한 잎이 가려
나무의 본연을 모르고 두루뭉술하게 추측만 했다.

가을바람이 나무의 곳곳을 누비고 다니며 낙하를 종용하는 중이다.
물들기 전 낙하하는 나뭇잎들은 바짝 말라 바스라지기 직전이다.
사람도 나이가 들면 물기가 빠져 어린아이처럼 작아지는 듯하다.

아직 가을을 받아들이지 못하는 나무 틈 사이로 감들은 붉게 익어가고
홍시가 될 때까지 기다리는 새는 기다림에 익숙한 듯 의연하다.
가을은 사람들이 외롭다고 말하지 않더라도 무작정 외롭게 만든다.

# 호수다방

성북구청 앞으로는 일본식의 작은 가옥들이 아직도 많이 남아 있다.
그 중 전형적인 일본식 가옥으로 나무계단을 가진 '호수다방'이
오래도록 그 자리에 남아 있었다.

성북경찰서와 성북구청이 최신식 건물로 공사를 마치고 나서
그 동네에도 새 건축붐이 일어나 일본식 집이 여러 개 사라졌다.
신작로는 4차선으로 한길이 좁고
가로수로는 송충이가 징글징글하던 플라타너스가
수십 년을 지키고 있는 곳이다.

'호수다방'은 삐걱거리는 나무계단을 오르고 나면
크지도 작지도 않은 다방의 내부가 안동 간고등어처럼 펼쳐져 있다.
엄마 심부름으로 다방 주인에게 곗돈 심부름을 다니던 때가 있었다.
다방 마담이라고 부르는 아줌마는 동네 친구의 엄마이기도 했다.

언제나 반짝이는 비단 한복에 머리는 미장원에 다니는 듯하고
유난히 내 시선을 끌었던 하얀 버선발 위의 굽 있는 슬리퍼와
슬리퍼 앞부분 밖으로 하얀 버선코가 쏙 빠져나온 것을 볼 때마다
나는 추석에 먹던 하얀 송편을 생각했다.

내가 심부름 가면 마담 아줌마는 겟돈을 양은주전자 속에 넣어줬다.
그리고 심부름 값이라며 동전 한 개를 주었다.
동전 한 개로 굵은 설탕이 별처럼 묻혀있는 왕사탕을 살 수 있었다.
왕사탕을 사 먹는 재미로 오랫동안 '호수다방' 심부름은 내가 독점했다.

요즘에도 성북구청 앞으로 종종 지나간다.
태어나서 28년을 살았기에 내 추억은 그곳에 남아 있다.
얼마 전 동생과 성북구청 앞을 지나다가 '호수다방' 이야기를 했다.

"우리가 어릴 때, 엄마는 언니를 믿고 심부름도 잘 보내셨어.
    그런데 나는 어리바리하다고 늘 언니만 찾으셨던 엄마는 참 이상했어."

동생도 이제는 60세의 중반 나이인데도
아직 나를 만나면 아이처럼 응석이 듬뿍 담긴 어리광스런 말을 한다.

# 58

종이에 복합재료

시간은 아주 천천히 나무들을 채색하고 있다.
그러다가 마음이 급해지고 겨울이 보채기 시작하면
세월도 정성은 빼놓고, 물감을 왈칵 부어 버리는 것을 여러 해 동안 봤다.

어느 나무는 너무 붉고, 노랗고 또는 초록의 잎을 그냥 남겨두고
건성건성 채색을 서둘러 마친 티가 너무 난다.
나의 이야기를 시치미 떼고 하면서 시간을 탓하는 중이다.
'다 내 탓이요'를 용기 있게 말하지 못하고 아직도 핑계를 댄다.

지나가는 시절이야 어쩔 수 없지만 겨울맞이 앞에서는
언제나 핑계와 변명이 줄줄이 사탕처럼 나를 녹이려 든다.
자연은 아주 자연스럽게 흐르는 세월에게 시비를 걸지 않는다.

# 붉은색 광역 버스

매주 수요일마다 금화마을로 가기 위해 붉은색 광역 버스를 탄다.
간단한 반찬거리를 챙기고 카카오택시를 불러
양재동 시민의 숲까지 택시를 탄다.
시민의 숲 앞에서 내릴 때면 택시 기사님이 늘 묻는 말이 있다.

"여기서 어디까지 가시나요?"
"용인 못미처 기흥 부근의 상갈동까지 갑니다."
"그곳까지는 이 택시를 타고 가셔도 요금이 얼마 나오지 않지요."
"말씀은 감사하지만 이곳에서 버스를 타면 버스가 경부고속도로로
    빠져나가 버스 전용차선으로 달리니 30분이면 목적지에 도착합니다."

'코로나로 수입이 줄어 이제는 어디든 가야 한다'는 택시 기사님의
음성에는 늘 서글픔이 꾹꾹 눌려 있는 듯하다.

금화마을행 광역 버스를 타니 버스 기사님과 나와 단둘이다.
코로나가 발발한 이후에 종종 있는 일이다.
양재동 시민의 숲 정류장이 고속도로로 들어가기 직전의 정류장이기에
내가 타지 않으면 빈 차로 종점까지 가는 날도 왕왕 있다고 한다.

손자와 놀기를 마치고 늦은 저녁 집으로 오는 길
상갈동 금화마을 앞에서 버스를 탔더니 역시 또 나와 기사님뿐이다.
어찌 이런 일을 하루에 두 번이나 경험하게 되는 건가!
나의 잘못도 아닌데 공연스레 송구스럽고 미안한 마음이 들었다.

"제가 아침에 갈 때도 기사님과 둘이었는데 서울로 갈 때도
  기사님과 저뿐이라 제가 미안스럽다는 생각이 드네요."
"미안하기는요. 요즘 이 버스가 출퇴근 시간 외에는 이렇습니다."

기흥에서 강남역까지 오는 동안 버스가 흔들리도록 음악을 크게 틀고 달렸다.
어둠 속으로 달리는 버스에서 기사님과 나는 음악 감상실에 있는 것처럼
아주 행복하고 재미난 여행을 했다.
우리 모두 숨이 턱에 차올라 다니기 힘든 나날을 여러 해 보냈다.
머잖아 우리나라도 '위드 코로나'를 말하니 기다려 보는 수밖에!

## 59

종이에 복합재료

가을바람은 고슴도치의 가시처럼 까칠하다.
그러나 가을바람은 순둥이일 때가 있기에 견딜만하다.

비와 바람이 쌍으로 지나가고 나면 뒷심이 약한 나무들은 헐벗기에
가을바람에도 사시나무처럼 떨기에 안쓰럽다.

어둠이 내리는 풍경으로 빨간색 단풍이 불을 켠듯 밝다.
해 내림을 재촉하는 검푸른 노을빛으로 하늘에 주름을 만든다.

새들도 하루 묵고 갈 보금자리를 찾기 위해 해 내림의 주름 틈으로 들다.
하루 중 해 내림의 시간이 가장 적적하고 외롭다.

나도 새의 꽁지를 따라 내가 무사히 쉴 잠자리를 찾고 싶다.

# 여행을 생각하는 친구

친구에게 연락이 왔다.
11월 중순에 '그리스'와 '터키'로 여행을 가기로 했단다.
사는 시간이 너무 아깝고 초조하기에 더 참을 수가 없다고 했다.

친구는 학교 퇴직 후 우연히 알게 된 위암으로 너무 고생하여
삶과 죽음의 경계를 수없이 넘나들며 살아왔다.
5년 가깝게 투병하니 몸무게가 초등학생 같더니
살겠다는 의지가 친구에게 힘을 보태줬는지 요즘엔 좀 나아졌다.

북한산 밑으로 이사를 한 친구는 매일매일 산행을 했고
새 모이 먹듯 하루에도 수십 번 식사를 챙겨 먹으며 병과 싸웠다.

처음에는 위암 초기라 수술만 하면 아무 일 없다고 했는데
수술 후 재수술을 서너 번이나 했고 수술실에 갈 때마다
유서를 가족들에게 유언처럼 남기고 들어갔다.

코로나로 만나지 못하지만 친구는 매일 아침 나에게
구구절절한 삶에 대한 이야기를 문자로 보내온다.

〈어떻게 살아야 잘사는 것인가?〉
〈아프지 않기 위해서 어떻게 하며 살아야 하는가?〉

친구는 아프고 나서 별의별 상식을 다 찾아 나에게 보내 준다.
다른 친구가 그런 잡다한 문자와 동영상을 매일 보내온다면
쓴소리를 해도 여러 번 했을 텐데 친구의 마음을 아니 고맙다.

친구는 11월에 비행기를 꼭 타겠다고 한다.
나는 친구의 계획에 반대하지는 않지만 걱정하고 있다.
친구는 오래 기르던 물고기들도 동네 수족관으로 보냈고
베란다의 화초들도 모두 정리하였다고 한다.

죽기 전에 꼭 하고 싶은 일들을 하나씩 실천에 옮기는
친구를 응원한다. 난 언제나 친구 편이니까.

# 60

종이에 복합재료

아직 숲이 다 단풍 원색의 빛으로 물들지 않았다.
가을은 초조한 마음으로 날이 갈수록 수척해진다.
하루에도 여러 계절을 변덕스럽게 바꾸던 봄과는
가을의 성격은 다르다.

가을은 거리에 떨어진 낙엽의 모습에 마음이 스산하다.
설렘도 헛헛함도 다 내 마음이 변덕을 부리는 것이거늘
마음 하나 다스리지 못하고 계절을 탓하는 중이다.

새들이 줄을 맞춰 나들이 가는 중인가 보다.
맨 뒤로 따라가는 새는 무슨 이유에서인지 어깨가 축 처져있다.
기운 내자. 다 지나가고야 만다.
그 어떤 아름다운 기억도 슬픈 기억도 다 지나가고야 만다.

# 겨울이 온다는 증거

겨울이 오고 있다는 확실한 증거가 내 몸에서 나타난다.
손을 씻은 후 핸드크림을 바르지 않으면 손이 금방 건조해져서
손끝이 거칠어져서 '며느리 밑씻개'가 되어 여기저기 붙는다.
거기에 더 슬프게 보태주는 것은 발뒤꿈치가 갈라지고 굳은살이 생겨
발을 움직이면 이불 안에서 서걱거리는 소리를 낸다.

나이가 들면 수분이 부족하여 사람이 쪼그라든다던 말이 생각난다.
아들은 나에게 물을 많이 마시라고 따라다니면서 잔소리한다.
물 부족으로 내 콩팥에 돌이 생겨 정기적으로 '요로결석'이라는
병명으로 시술을 여러 번 했고 아직도 돌과 전투중이다.

몇 개월에 한 번씩 병원으로 정기검진을 다니기도 했지만
언제부터인가 검진에 가지 않고 자가 진단으로 몸을 살핀다.
콩팥에 돌이 정기적으로 생기는 체질이기에 몸이 고단하면
허리 뒤 옆구리가 사정없이 쑤시며 묵직하게 아프다.

그런 날이면 의무적으로 물을 많이 마시고 허리 뒤에 자극을 준다.
그러면 어느새 검은 모래처럼 생긴 돌가루가 변기에서 발견된다.
우리의 몸은 자가 치료의 능력이 있다는 말을 믿는다.
내가 이런 말을 하면 의사인 내 시숙은 부정도 긍정도 아닌 웃음을 보인다.
나도 나이가 드니 종종 이해 불가의 고집만 늘어난다.

## 61

종이에 복합재료

바람의 손길이 거칠어지다.
밤낮으로 세상을 흔들어 모두가 바람에게 항복한다.
바람에게 항복하기 전까지의 몸부림은 숨가쁘게 하지만
순순히 항복하면 갈등도 회한도 티끌처럼 체념 속에 묻힌다.

망각이라는 것은 신이 우리에게 준 최고의 치료제라고 하지만
망각 속에 포함되는 것보다 포함되지 못하는 것이 더 많은 것이 삶이다.
겨울의 붉은 달에 갇힌 새들은 다람쥐처럼 달 속을 뱅뱅 돌다.
왜 그렇게 뱅뱅 도냐고 물었더니 그냥 이유 없이 돈다고 한다.

하얀 나무는 주먹만 한 별들을 주렁주렁 매달다.
나무에 앉은 새들은 앙상한 나뭇가지로 내린 별을 보다.

# 미국서 온 동생 친구

남동생의 고등학교 친구에게 30년 만에 연락이 왔다.
1990년 초에 동생을 마지막으로 만나고 미국으로 이민을 가
사는 일에 눌려 동창들에게 연락하는 것도 잠시 미뤘는데
그 세월이 훌쩍 흘러 환갑 지나고 머리는 백설을 허락한 지 오래
너무나도 그리운 친구들을 찾았지만 동창 누구와도 연락이 안 되었다고 했다.

그러나 작은누나의 이름을 기억해 내고 작은누나에게 연락을 했다.
작은누나의 이름은 특이해서 기억이 잘 되고
대한민국에서는 누구나 다 아는 공인이니 일단 얼굴부터 확인했단다.

동생 친구가 미국서 주말에 들어왔다고 하며 나와 통화를 했다.
동생 친구들은 고교 시절부터 대학생 때까지 우리 집이며
나의 혜화동 화실을 자기들의 아지트처럼 사용했다.

동생 친구들 중 누구는 매번 나에게 올 때마다
'도루코 면도날' 한 개를 사 들고 와 머리를 깎아 달라했고,
누구는 휴강 때마다 내 화실에 모여 내 영업을 방해하며 놀았다.

그중 연락이 온 친구는 우리 집에서 숙식을 오랜 시간 해결했던 친구다.
집이 서울이 아니었던 친구였기에 우리 집에 오면
엄마나 내가 동생 친구들을 먹이고 보살피는 일을 너무 정 있게 해 줬기에
미국에서 사는 일이 힘들 때마다 그 기억들이 큰 힘이 되었다고 했다.

그립던 친구의 슬픈 소식을 듣고 한동안 말을 잇지 못하던 동생의 친구
그리고 동생의 납골당에 함께 가자고 했지만
나는 아직 마음을 추스르지 못해 동생을 보러 못 간다고 했더니
동생이 영면하여 있는 곳을 알려달라고 했다.
동생 친구는 자기가 너무 늦게 왔다고 울고
나는 동생 생각에 또 울었다.

"누나! 어떻게 지내셔요? 누나를 뵙고 싶은데 뵐 수 있어요?"

동생 친구들이 나에게 종종 연락해 온다.
그러나 난 아직 동생의 이름만 들어도 불러도

눈물이 나고 가슴이 아프다.
나와 동생이 서로 붙어서 60년을 살았으니
잊으려면 60년도 더 걸릴 것이다.

동생 친구들을 동생 보듯 만나서 밥 먹고
예전처럼 지내기는 어려울 것 같다.
이 글을 쓰면서도 너무 눈물이 나기에 글이 보이질 않는다.

# 마스크를 쓰고 다니려니

언제나 마실 다니는 재미를 다시 볼 수 있을까?
잠시 채소 가게에 하트의 청경채, 브로콜리 사러 나가거나
재활용 쓰레기 버리러 나가는 것이 외출이다.

동네 나갈 때도 마스크를 쓰고 다니려니
마스크 속의 입김이 안경으로 올라와 앞이 안 보인다.
아예 안경을 머리 위에 얹고 다니다 보니 세상이 흔들리며 뿌옇다.

동네 다니는 이웃들의 모습도 나와 다를 것이 없다.
꽁꽁 온몸을 감추고 장 보러 나온 이웃들과 인사를 나눈다.
모두가 한마음으로 이 난세가 빨리 지나길 기도한다.

회사에 출근한 식구가 안전하게 귀가하기를 염원하고
지인들과는 전화로 안부를 묻고
모두가 더 서로를 걱정하며 마음을 하나로 모으는 중이다.
우리 이보다 더 어려운 시기도 잘 넘겼으니 모두 힘을 내자.

# 62

종이에 복합재료

겨울이 시작되면 가슴에 바람구멍이 생기는 것 같다.
어떤 바람구멍은 바늘구멍처럼 작아도 모진 바람이 지나가고
어떤 바람구멍은 함지박 항아리처럼 커도 살랑 바람만 지나간다.
마음이 움직이는 대로 그 바람이
봄바람이기도 하고 겨울바람이기도 하다.

내 마음은 꽉 묶여있지 않은 채
춘향이처럼 바람을 가르며 그네를 타는지
가슴에 뚫린 바람구멍의 크기나 개수를 갈음할 수 없다.

겨울바람이 창과 벽을 뚫고 내 가슴으로 지나려는 날엔 잠을 잊는다.
잠들지 못하는 밤엔 바람이 만든 시간 속으로 나를 던진다.
잠시 바람이 멈췄는지 새들의 수다가 잔잔하게 밤하늘로 번진다.

억새들의 소란함도 바람의 길을 따라 잠시 부동자세로 바뀌는 날이다.
우리는 늘 익숙한 한겨울 바람을 익숙하지 않은 느낌으로 바라본다.

## 63

종이에 복합재료

가을이 서둘러 지나가니 한낮의 공기가 서늘하다.
아직은 노란, 붉은 단풍이 회색의 하늘에 불을 밝힌다.

잠시 나무 아래 섰더니 새들이 요란히 떠든다.
새들의 소리에 귀를 기울여 보지만
무슨 이야기를 하는지 감도 잡지 못하고 호기심만 생긴다.

사람의 말도 잘 알아듣지 못하는 내가 새들의 이야기를 넘보다니!
나무들의 이야기도 알아들으려 기웃거리는 내 호기심은 아이다.
서둘러 달려오는 겨울에 나무들도 투정 부리지 않고 나목이 되다.

겨울은 허들 위를 달리듯 간격이 좁아지게 달려온다.
겨울이 가깝게 올수록 마음에 생긴 커다란 구멍이 자꾸 넓어진다.
나의 잡념들은 나목을 닮지 못하고 언제까지 매달려 있을 것인가?

종이에 복합재료

눈부시도록 따가운 겨울볕이 들판을 찌른다.
꼬리가 짧은 해를 바라보며 걷기도 지치는 겨울 낮
갈 곳이 없다.
오라고 부르는 이도 없다.

날이 갈수록 혼자가 되는 것이 눈에 보인다.
발을 묶어놓으니 몸도 마음도 묶여 옴짝달싹하지 못한다.

어릴 때의 겨울은 많은 기대를 포함하고 있었다.
내 생일, 방학, 함박눈, 크리스마스, 겨울 주전부리 등

나무가 겨울 들판으로 긴 그림자를 만들었더니
새가 나무의 그림자를 보고 달려온다.

## 65

종이에 복합 재료

가을이 남긴 여운은 아직도 곳곳에 남아 있다.
절기의 흐름 사이에 갇혀 오도가도 못할 때가 있다.
붉은 단풍을 보니 머리에 화롯불이 있는 듯 이글거린다.

겨울바람의 회오리에도 떨어져 나가지 않으려 안간힘을 쓴다.
붉은 나무들의 애절함이 겨울 하늘로 통곡을 고한다.
새들은 언제부터인지 나무 위를 나르며 문상을 준비중인 듯하다.

잘 헤어져야만 잊음에 대한 고통도 부드럽다고 하는데
아직은 이별에 대한 익숙함이 부족하여
이별은 누구라도 너무 슬프다.

# 진짜 산타 할아버지는 어디에

어릴 때 크리스마스이브를 너무나 기다렸다.
우리 집은 불교 신자였지만 모두가 크리스마스를 좋아했다.
붉은 옷과 하얀 수염이 풍성한 산타 할아버지를 믿었다.

착한 어린이에게 선물을 준다고 하니 12월이 시작되면
엄마 심부름도 더 잘하고 동생들과 잘 놀았다.
씻기 싫었지만 크리스마스 선물을 생각해서 양치질도 잘했다.
그때는 간식이나 학용품이 크리스마스 선물로 족하던 시절이었다.

우리 아이들이 어릴 때는
유치원에서 산타 분장을 한 산타가 아이들에게 선물을 나누어 줬다.
아들은 선물이 목적이었으니 누가 산타이든 상관없이 좋아했다.
그러나 딸은 산타 할아버지가 유치원 운전기사 아저씨라고 말하며
산타 할아버지의 무릎에 앉아 선물 받는 것을 거부하여 모두가 진땀 흘렸다.
딸은 매년 크리스마스가 되면 진짜 산타 할아버지를 찾아 달라고 했다.

# 66

종이에 복합재료

겨울은 또 궁시렁거리며 지나가는 중이다.
등으로 꽂히는 볕의 실수를 모르고 겨울과 맞서면
서서히 동사하고 만다.

젊어서는 겨울에도 헐벗고 살아도
그것이 나에겐 나름대로 멋이었지만
나의 노출이 엄마에게는 근심의 시작이었다.

"여자는 자고로 몸이 따뜻해야 아프지 않단다."

내가 엄마가 되고 보니 나 또한 소심하기 그지없다.
딸에게 잔소리를 서슴없이 하는 쪼잔한 모습을 보인다.

겨울이면 눈을 기다리지만 그도 하늘의 마음이니
눈은 내 그림에나 담을 수밖에.
새들은 숨었다.
겨울이 술래잡기를 하잖다.

## 67

종이에 복합재료

들녘의 나무들 위로 봄볕이 마술을 부리는 중이다.
봄 느낌이 나무들 위로 뭉실뭉실 솜사탕처럼 번져 간다.
봄의 달리기는 멀리 땅끝의 마을부터 시작하여
푸른색의 바람이 늘 한결같은 바다마을까지 달린다.

봄볕이라 부르는 곳으로 조금씩 옮겨 앉아본다.
새들은 벌써 집짓기를 위한 나뭇가지를 고르느라 분주하다.
아주 작게 솟아오르는 연둣빛의 어린잎들과 눈맞춤을 한다.
올봄에는 나도 봄바람 따라 공식적으로 공개적으로
바람이 나고 싶다.

# 실버통화료

휴대폰 전화요금을 실버통화료로 책정하여 낸다.
그랬더니 한 달 동안 전화 사용료가 약 26,000원 정도 나온다.
그런데 문제는 산책하면서 라디오 음악방송을 들으면
약정한 데이터를 다 사용했다는 문자가 온다.

내 머리로는 무슨 말인지 도통 알 수가 없어서 통신사에 찾아갔다.
젊은 직원이 내 말을 듣더니 휴대폰으로 온 문자를 보면서
별일이 아니라는 듯 대답한다.

"늘 쓰시던 대로 그냥 사용하시면 됩니다.
데이터를 다 사용해서 추가로 전화요금이 나와도
실버요금제이니 걱정하지 말고 사용하세요."

그리고 여러 번 강조해서 나에게 확인의 말을 했다.

"실버요금제는 법적으로 혜택을 줄 수 있는 연령의 어르신들에게만
적용되는 요금제이니 아무 걱정하지 말고 쓰시던 대로 사용하세요."

법적으로 혜택을 받을 수 있는 나이의 어르신이라!
단 한 번도 부러워해 본 적이 없는 법적 혜택의 어르신 나이다.
마음은 계절을 따라 분수없이 나대기부터 하기에 나이를 종종 잊는다.
요즘 새롭게 나오는 전자기기들의 사용이 갈수록 어려워진다.

## 68

종이에 복합재

새들은 이미 봄기운을 감지하고
또 한 시절 보낼 나무를 찾아나섰나 보다.
그동안 가깝게 들리지 않던 새들 소리에 동네가 소란하다.

흙빛으로 시절 마감한 나무 사이로 봄이 오른다.
바람이 차가워도 볕에 몽글몽글 얹혀있는 봄은 핑크빛이다.
어느 계절이든 시작마다 마음이 설렌다.

올봄엔 남산의 벚꽃을 올려다보며 김밥을 꼭 먹고 싶다.

종이에 복합 재료

봄기운이 가득하다.
봄볕은 물오르는 나무들을 정성스럽게 쓰다듬어 준다.
지난겨울 동안 지루하게 봄을 기다린 나무들도
새들의 휘파람 소리에 장단을 맞춘다.

새들이 몰고 오는 봄을 나도 기다리고 있다.
수없이 규칙적으로 가고 오는 절기이지만
봄은 어느 절기보다 우리에게 설렘을 주는 듯하다.

봄볕 가득한 곳에 서니 새들의 이야기가 더 궁금하다.
이제는 말하는 것보다 듣는 것이 더 좋아질 나이가 되고 있다.

# 우리 앞집은 어디에 갔나?

무슨 일이 있는 걸까?
우리 앞집 문 앞에 택배 상자들이 널브러져 있다.
특히 새벽 배송 박스는 어제부터 그대로 있다.
초등학교가 개학을 했으니 어디 멀리 가지는 않았을 터인데
아이들 소리도 나지 않고 사람의 흔적이 없다.

예전에는 이웃에게 온 택배 물건이 집 앞에 쌓이면
그 집으로 전화를 걸어 보거나 벨을 눌러보기도 했었다.
지난겨울에 여러 날 택배 상자가 앞집 문 앞에 쌓이기에
앞집 주인에게 문자를 남겼더니 여행 중이라며 답장이 왔다.

〈여행에서 돌아올 때까지 택배 상자들을 우리 집에 보관해둘까요?〉
〈괜찮습니다. 그냥 놔두어도 될 것 같아요.〉

요즘 젊은 사람들은 남들이 관심을 보이거나 참견하는 것을
싫어하기에 신경쓰지 말아야 하는데 나는 그것이 잘 안된다.
바로 우리 앞집이라 택배 상자가 쌓이면 다니기도 불편하고
청소하시는 아주머니가 힘들어하시며 한 마디씩 한다.
통행에 불편하다고 남의 물건을 정리하여 쌓아 줄 수도 없기에
택배로 던져두고 가는 그대로 놔두자니 택배 물건이 퍼져있다.

예전에 복도식 아파트에서는 이웃과도 서로 문을 열어두고
아이들이 벌떼처럼 몰려다니며 지내던 그런 때가 있었다.
아이들이 몰려다니면서 놀기도 하고 밥도 함께 먹고
여름에는 심지어 욕조에 물을 받아 물놀이도 함께했다.

요즘엔 이웃과 거의 단절된 상태이기에 엘리베이터에서
못 보던 이웃을 만나게 되면 함께 타기보다 잠시 주춤하게 된다.
무슨 일이 생긴 걸까?
앞집 식구 네 명은 다 어디 갔나?

# 70

종이에 복합재료

머리 위에서 누군가가 화롯불을 올려 줬다.
청동 화롯불이라 뜨거워지니 손을 댈 수도 없다.

세상의 모든 곳이 붉은빛이다.
그래도 시선을 멀리 던지면 아름드리
정자나무의 초록 잎이 바람에 살랑거린다.

비 한 번 뿌려준다면 새들도 나무도 조금 시원해지련만
마음은 늘 모든 생각을 앞서갈 뿐이다.

이 뜨거운 여름도 곧 지나가리라!
내가 보낸 뜨거웠던 여름의 나날들이 수없이 많았건만
망각이라는 것은 내 기억을 다 지워버리고 있다.

# 말도 많고 탈도 많다


볕이 뜨거워 혹 맨발로 나가면 베란다 타일에 발이 놀란다.
우리 집 빨래터인 베란다는 서쪽으로 나 있다.

매일 일기예보를 확인하고 해가 쨍하면 무조건 빨래를 한다.
두 사람만 살아도 이삼일에 한 번은 빨래를 해야 한다.
요즘처럼 볕이 뜨거울 때는 이불 빨래하기가 너무 좋다.

아침에 세탁기를 돌려 이불을 줄에 널고 나면
아무리 두꺼운 이불도 볕이 다림질을 한듯 바짝 마른다.
남편은 일 년 내내 목화솜 이불을 덮고 잔다.
이불이 지긋하게 몸을 눌러야 잠을 잘 수가 있다고 한다.

나는 여름이면 삼베 요, 삼베 이불, 삼베 베개를 쓴다.
까슬까슬한 삼베의 칼날 같은 촉감이 너무 시원하고 좋다.
그러나 남편과 아들딸은 삼베 옷감의 촉감을 극혐한다.
삼베의 그 까슬까슬한 옷감에 얼굴도 몸도 베일 것 같다나?

우리 집 '홍씨'들은 참으로 말도 많고 탈도 많다.
손과 마음이 많이 필요한 사람들이다.

## 71

종이에 복합재료

봄이 시작된다.
음지에서도 봄이 고개를 내민다.
우리가 모르는 곳곳에서도 봄은 시작된다.

우리가 어디에 있어도 우리는 늘 우리일 뿐인데
어느 곳에서든 오래 머무르지 못하고 늘 방황중이다.
봄을 겸허하게 받아들이는 자연은 한 곳에 머물러
깊은 뿌리를 내리며 억겁을 살아내는데
우리는 얕은 뿌리도 내리지 못하고 늘 제자리를 맴돈다.

사는 일은 언제나 반복적이거늘
그 반복도 미세하게 다름을 우리는 눈치채지 못한다.
사는 일이 봄날처럼 변화무쌍하기에 살아 낼 만하지 않은가?

# 우리 동네 정보교실

요즘에는 어느 동네이든 동사무소에 문화시설과
도서관이 너무나 잘 운영되고 있다.

우리 동네 '문화정보센터'에도 동사무소와 헬스장, 문화센터,
어린이 놀이터와 어린이들의 놀이기구 무료 대여점이 있다.
독서 모임을 함께 할 수 있는 커피와 빵과 과자가 있는 카페와
점심이나 저녁을 아주 저렴한 가격으로 먹을 수 있는 지하 식당도 있다.

그중에도 어린이 도서관과 일반 도서관 시설이 편리하다.
어린이 도서관에는 외국어권의 도서가 따로 구비되어 있고 그림책도 많다.
매달 여러 종류의 문학과 음악 행사와 미술 전시회가 열린다.
여러 장르의 영화도 상영하기에 가족과 함께 볼 수 있는 영화관도 있다.

작가와의 대화 시간엔 주민들이 만나고 싶어하는 작가를 초청하여
다양한 행사를 개최하기에 동네 행사로 즐겁다.
아이들에게는 진로 교육의 한 행사로 다양한 직업인들과 만남도 있다.

매달 마지막 월요일엔 주민센터 앞마당에 큰 농수산물 장터가 선다.
코로나가 시작되면서 여러 행사가 생겼다가 사라지고
문화센터에 회비를 냈다가 환불받기도 여러 번이다.

나도 노래 교실에 등록하여 매주 화요일마다 노래를 배운다.
코로나 이전에는 문화센터에서 미술 지도를 하기도 했다.
우리의 평범했던 일상이 코로나로 모든 것이 달라졌다.

매일같이 오늘은 어제보다 나아지겠지!
내일은 오늘보다 더 나아지겠지!
매일 아침마다 기대를 한다.
어른들 말씀처럼 '시작이 있으면 끝도 있으리라'는 말을 믿는다.

## 72

종이에 복합재료

작은 도랑은 개천으로 흐르며 우렁찬 소리를 낸다.
우리 동네 양재천을 걷다 보면 물길 따라 계절이 함께 흐른다.

어디에서 날아와 가족을 이루었는지 못 보던 새들이 많다.
사람들이 붐비며 지나가도 새들은 우리에게 눈길을 주지 않는다.

봄이 되니 물소리도 바람 소리도 새들의 소리에도 봄봄이 있다.
올봄엔 꼭 진해의 벚꽃 축제인 군항제를 보러 가려 했더니
올해에도 군항제가 취소되었다는 소식이 날아든다.
멀리 가지 말고 양재천의 벚꽃이나 열심히 봐야 할 듯하다.

# 동생의 시어머님

봄에 헤어지는 것은 그리움을 배로 만드는 고통이다.
동생의 시모님이 94세의 연세로 월요일 아침 집에서 임종하셨다.
건강하고 활기 넘치시던 모습에 100세를 넘게 계실 줄 믿었다.
그러나 수면 중에 아주 조용하게 떠나셨다고 한다.

우리가 어머니라고 부르던 '마지막의 어머니'도 떠나셨다.
우리 엄마가 일찍 세상을 떠나셨기에 동생과 나는 시모님에게
울 엄마에게 하듯 어리광 부리며 격없이 살아왔다.
동생이나 나나 칠십을 바라보는 나이지만 시모님과 헤어짐이
더 큰 슬픔이 되어 누구보다 섧게 울고 또 운다.

동생의 시모님은 당신의 '카카오스토리'에 이런 말을 남기셨다.
긴 글 중 중간만 옮겨 본다.

"나는 행복해! 내 47세에 남겨진 5남매.
 구리 숟가락 하나 못 갖고도 불평불만 없이
 열심히 모범 시민으로 살았으니 행복해!

나 떠나도 유산 분쟁할 일 없어 행복해!
오늘까지 살기 위해 자식들과 동분서주했던 시간은
아름다운 추억이어서 행복해!!"

동생이 시모님의 글을 나에게 보내왔다.
동생의 시모님은 5남매의 교육과 삶을 위해 고생하셨다.

오면 가고 다른 인연이 오면 또 가고의 반복적인 것이 삶이라 한다.
동생과 나는 일찍 우리 곁을 떠난 엄마의 이야기를 하면서 울고
94세까지 살다가 조용히 떠나신 시모님을 이야기하며 울었다.

요즘 나와 동생은
추억으로 남겨진 이런저런 이야기를 하다가도 울컥하다.

# 73

종이에 복합재료

봄이 머물렀던 자리가 헐렁하다.
고운 중간색 계통의 꽃들이 천지를 환하게 하더니
원색의 꽃들이 매혹적인 자태를 펼치기 시작한다.

봄이 여유로 남긴 헐렁한 들판으로
바람과 새들이 여름을 위한 비질을 한다.
때로는 아주 낮게, 높게 그리고 멀게 가깝게 나르며
나무들이 펼쳐 낼 여름의 쉼터인 그늘을 감지하려는 듯
새들과 바람은 하루하루가 바쁘기만 하다.

누구에게든 기다리는 것이 있다는 것은
그리움에 설렘으로 희망을 바라보는 것이다.

# 독일로 이사 가는 앞집

우리 앞집이 이사를 한다며 네 식구가 인사를 왔다.
우리와 대문을 마주 보며 거의 10년을 함께 살았다.
딸 둘이 아기일 때 이사를 와서 지금은 초등학생이다.

맞벌이 가정이라 내가 신경을 많이 쓰며 아이들을 지켜봤다.
나의 젊은 시절을 보는 것 같아서 마음이 갔나 보다.
특별할 것도 없는 음식이지만 늘 넉넉하게 만들어 나누어 먹곤 했다.
앞집 아빠는 내가 만든 물김치를 좋아하기에 여러 번 만들어 줬다.
앞집 아이 엄마에게 나는 늘 이렇게 말한다.

"윤하 엄마를 나의 딸처럼 생각하기에
 무엇이든 나누려고 하는 것이니 너무 부담 갖지 말고 나누어 먹어요.
 그리고 아이들은 이웃과 함께 키우는 것이에요."

연말이면 앞집 아이들이 나에게 그림 편지와 케이크를 가져오기도 했다.
한동안 두 아이들이 나에게 격 주말마다 그림을 배우러 왔고
우리 집 토끼 하트를 사랑스럽게 보살펴 주기도 했다.
나의 딸과 아들이 바로 앞집에 살고있는 것처럼 함께 살았다.
그러기에 친 부모님보다 더 살갑게 가족처럼 지낸다고 행복해했다.

이사를 하려고 짐 정리하면서 헤어지는 아쉬움에 슬프다고 한다.
아이들 아빠가 독일 뮌헨으로 발령받아서 가족 모두가 간다고 한다.
3년 예정으로 가지만 아마도 더 오래 그곳에서 살게 될 것이라 한다.

그래서 내가 영국에 가면 연락을 해서 만나자는 약속을 했다.
독일과 영국의 중간에서 만날 수 있을 거라며 아이들은 좋아한다.

우리 앞집으로 어떤 성향의 가족이 이사를 오게 될까 궁금하다.
윤하네와 같이 정들어 허물없이 지내기가 쉽지 않을 것 같다.
나와 정이 든 사람들이 이별을 고하고 떠난다.
만나고 헤어지고 하는 것이 살아가는 이야기 중인 것이거늘
이별 앞에서는 나는 언제나 오랫동안 허허로워한다.

# 74

종이에 복합재료

초여름의 풍경으로 비가 애잔하게 때로는 열정적으로 내린다.
여름에 내리는 비는 푸르른 숲을 닮아 초록색이다.
초여름에 내리는 비는 숲의 내음을 온 사방으로 퍼뜨린다.

모처럼 비를 맞으며 시원하게 목욕 중인 새들을 본다.
어느새 비와 함께 새들도 초록색으로 바뀌어
숲으로 흡수되며 사라진다.

시절 속으로 작별 없이 사라지는 것들이 너무 많아
나의 기억력을 종종 의심할 때가 있다.

# 장화 신는 날

비가 오는 날이면 강수량과 상관없이 장화를 신고 나간다.
나의 초중고교 시절에는 동네의 도로 사정이 형편없었다.
비가 내리는 날에는 온 동네의 도로가 온통 물웅덩이로 질퍽거려
운동화를 신으면 신발이 흙에 빠져 걷지를 못했다.

중고교 때 신던 장화는 흰색으로 발목 높이까지 오는 것이었다.
그 시절 누구에게나 장화가 있었던 것은 아니다.
흰색 장화 한 켤레를 갖기 위해서 돈을 모을 때까지 기다려야 했고,
장화를 사게 되면 비 오는 날을 매일같이 기다렸다.

그렇게 애지중지하던 장화도 대학에 가면서는 멋을 부린다며
비가 많이 와도 신발장 한구석에 처박아 두고
장화에는 눈길도 주지 않았다.

멋 부리던 시절도 지나가고 결혼 후 아이를 데리고 다니던 시절
비가 오면 장화를 다시 찾기 시작했다.
간호사의 신발보다 더 하얗고 모양이 뭉툭한 장화가 아니라
장화의 모양, 길이, 색도 아주 다양한 장화가 유행했다.
비가 오지 않아도 여름 부츠로 장화를 신고 다니는 사람들도 많다.

요즘에는 발이 물에 젖는 것이 싫어 비가 오면 무조건 장화를 신는다.
평소 신발보다 장화가 더 무거워 걷는 데 불편하지만
물이 고인 도로도 겁내지 않고 아이처럼 물을 첨벙거리며 걷는다.

나이가 드니 어릴 때의 비 오는 날의 놀이가 그리워진다.
동네 흙길을 막아 빗물이 한 곳으로 흐르다가 폭포처럼 떨어지는
몸이 빗물에 다 젖어도 재미났던 그 시절이 그립다.
비를 맞고 놀아도 감기에 걸리지 않았다.
여름에 감기에 걸리면 '개도 걸리지 않는 여름 감기'라며
동네 의사 선생님도 은근히 농을 하던 시절이었다.

요즘엔 비에 맞지 않아도 한여름이 아니면 창문만 열고 자도
재채기를 하니 개도 걸리지 않는 감기를 달고 산다.

# 75

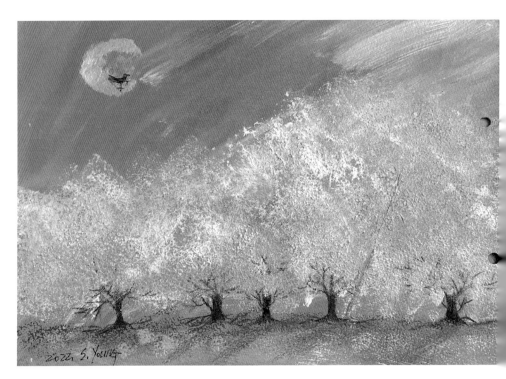

종이에 복합재료

316

시원한 바람이 여름날 깜짝 소낙비처럼 하늘을 통과한다.
화려한 꽃의 배경이 되었던 나무들에게
초록색의 잎들이 여름을 재촉한다.

절기 중 요즘의 분위기가 가장 마음에 든다.
해의 퇴장이 긴 초여름 하늘의 해 내림의 노을은 작품이다.
자연은 언제나 최고의 작품을 우리에게 연출하지만
종종 자연의 선물을 잊고 있기에 미안하다.

살면서 미안한 것이 너무나 많아지는 것을 보니
살아온 날이 살아갈 날보다 훨씬 많았음을 인정하게 된다.

# 제자들의 결혼 소식

요즘에는 20년 전 제자들 결혼 소식이 카톡을 통해 온다.
어느 시점부터 연락이 단절된 제자들도
카톡이나 페북, 인스타그램 덕분에 연락이 이어지고 있다.

20년 전 제자들 나이도 이제 30대의 중반을 달린다.
13살 때의 아이들 모습이 아직 내 기억에 남아 있다.

서울 강남구 도곡1동에 있던 '대도초등학교' 제자들은
거의 외국으로 유학가거나 전문직에 종사하는 청년들로 자랐다.
그 학교에서 6학년 담임을 세 번, 미술교과를 2년이나 가르쳤다.
그랬더니 제자들이 오랫동안 나를 기억하고 기쁜 날에는
어김없이 나를 찾아 연락을 해온다.

먼저 제자들과 통화를 한 후, 어머님들에게 다시 연락이 온다.
예전엔 아이들뿐만 아니라 어머니들과도 돈독하게 지냈다.
결혼 소식이 오면 축하를 해 주고 축의금을 넉넉하게 보낸다.
절대 축의금을 보내지 말라고 당부하지만 '카카오페이'로
축의금을 보내기에 제자들이나 엄마들이 나를 말릴 수 없다.

그리고 결혼식에는 참석하지 않는다.
결혼식에 참석해 보니 결혼식의 축하보다
우리 반의 작은 반창회 분위기가 만들어지기에 미안하다.
오랜만에 제자들을 만나니 나는 제자들을 알아보지 못하지만
제자들은 '새끼거위들'처럼 나를 졸졸 따라다니기에 미안하다.

결혼식을 마치고 엄마들과 만나기로 약속한다.
제자들의 결혼 소식을 들으면 내가 며느리나 사위를 보는 듯 기쁘다.
세월이 빠르게 지나가도 만날 사람은 다시 만난다는 말이 맞나 보다.

# 76

종이에 복합재료

여름은 여름다워야 한다.
정수리를 내리꽂는 뜨거운 볕이 바늘처럼 찌르면
땀으로 눈앞도 흐려지고 숨도 가쁘지만
나무가 만들어 주는 그늘 속으로 숨으면 여름과 술래잡기를 한다.

나무의 그림자를 징검다리 삼아 달려보지만 재미없다.
어릴 때는 계절을 탓하지 않고 오직 놀이에만 열중했다.
나이가 들면서 세월에 대해 여유와 관대함보다
투정과 불만만 토하며 산다.

나의 순수했던 어린 시절이 표백되어 이제는 얼룩도 없다.
살아가는 일에 어려움이 없다면 그 또한 의미가 없다던
어머니의 교과서적이었던 말씀이 생각난다.

# 인기 순위

31개월이 된 손자에게 나의 인기 순위는 5위다.
일주일에 한 번씩 손자 녀석의 먹을 것을 만들어다가 조공하고
옷이며 장난감이며 눈에 보이는 대로 사서 대령하지만
물질에 흔들리지 않는 손자에게는 나름대로 원칙이 있나 보다.

순위별로 나열하자면 내가 5위다.
엄마 ⇒ 아빠 ⇒ 외할아버지 ⇒ 친할아버지 ⇒ 외할머니(나) ⇒ 친할머니
그래도 꼴찌는 아니라며 딸이 위로해 준다.

아마 외할아버지가 손자의 눈높이에 맞춰서 잘 놀아주기 때문이다.
피아노 함께 쳐주기, 자동차 굴리기, 함께 노래 부르고 율동하기 등
내가 하지 않는 것들을 남편은 손자에게 온 힘을 다해 주기에
외할아버지와는 헤어지지 않으려고 울고불고 난리를 부린다.

내가 간다고 옷을 챙겨 입으면 '잘 가'라고 손을 흔든다.
뻔히 알지만 종종 손자의 편애된 사랑에 빈정상한다.
오롯하게 변함없이 긴 세월 나만을 아끼고 사랑해 주는
남편에게 더 잘해야 한다는 생각을 하면서도 언행일치가 안 된다.

# 77

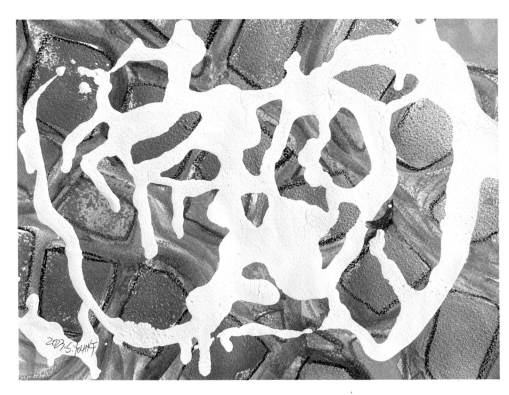

종이에 복합재료

우리는 한 공간에서 얽히고설켜서 산다.
우리만 아는 듯했던 관계도 조금 돌아보면
우리 주변에는 모두가 아는 이들이다.

새의 작은 입에 물고 놓치지 않으려는 인연의 끈은
아주 연약한 것 같아도 한번 묶이면 쉽게 벗어날 수 없다.
여기를 저기를 보아도 우리의 앞이 커다란 바위로
단단하게 막혀 있을 때가 많다.

누구도 그 바위를 뚫지 못할 것 같아도
바람과 물이 유연한 몸짓으로 아주 조금씩 흔들어 틈을 만들다.
그 틈으로 미세하게 새어 들어오는 빛이 또 다른 인연이다.

# 천생연분이셨나 봐

엄마와 아버지는 천생연분이셨나 보다.
두 분 생일이 추석 전전날로 나란히 붙어 있다.
두 분이 세상을 떠나신 지는 35년이 넘었지만
동생과 내 마음에는 아직도 우리 곁에 계신 듯하다.

두 분 생일 축하의 마음으로
엄마와 아버지의 위패가 모셔진 대각사에 다녀왔다.
종로 3가에 있는 대각사는 내가 어릴 때
엄마 손잡고 동생들과도 함께 다니던 곳이다.

달라진 것은 절 건물이 좀더 복잡해진 것뿐이다.
삼선동 5가 집에서 종로 3가까지 가려면
전차를 타고 가다가 내려서 한참을 걸어야만 했다.

3남매를 다 데리고 절에 다니시던 엄마는
무척 힘드셨을 텐데도 절에 가는 날은 힘들어하지 않으셨다.
우리는 절이 놀이터였기에 노스님들이 많이 예뻐해 주셨다.

대각사의 오래전 건물 사진이 궁금하다고 스님에게 물었다.
스님은 대각사에 오신 지 얼마 되질 않아 아는 것이 없다고 한다.
혼자 아는 추억은 홀로의 몫인가 보다.

동생과 부모님 이야기를 넘치도록 하고 부모님이 좋아하시던
실처럼 가늘고 하얀 국수 한 그릇 먹고 헤어졌다.

# 78

종이에 복합재료

집에서 사방을 둘러보면 사면이 모두 산이다.
산색이 계절에 따라 달라지는 것을 보는 것도 즐겁다.
집 앞과 옆의 나지막한 산은 산이라기보다 동산이다.
이웃들은 이른 아침에 동산에 올라 운동도 하고
산 옆구리를 끼고 빙빙 돌기를 수없이 반복한다.

여름이 절정이면 동산에 오르고 내려온 날에는
나의 몸을 동산의 벌레들에게 육보시한 듯
불긋불긋하게 상처가 나고 가려워서 정신이 혼미해진다.

슬리퍼를 신고 걸었더니 발뒤꿈치를 물려 말이 아니다.
동산이든 산이든 우리가 주인이 아니라 자연의 벌레들이
주인이기에 나에게 텃세하나 보다.

벌레에 물린 발뒤꿈치를 긁으면서 산과 집을 그린다.
숲의 풀벌레 소리는 심금을 울리는데
한낮의 더위는 여전히 뜨겁다. 미련이 많은 여름!!!

329

# 꾸준히 하는 것은 어렵다

매일 3,000보 이상 산책하려고 마음먹었다.
집안일을 하면서 움직이는 걸음도 많지만
오롯하게 걷는 것에만 집중하여 걷기를 고수하며 실행중이다.

더위를 피해 저녁 9시에 나가 10시까지 걸어 본다.
마땅하게 걸을 곳이 없기에 도서관에 책을 반납하면서
늘 걷던 길로 걷다가 아파트 단지로 올라와서는
아파트의 불빛을 바라보며 빙빙 돌며 걷는다.

오르막과 내리막이 숨 가쁘게 만들기에 땀이 비처럼 흐른다.
내 그림자에 놀라 후미진 아파트 산 밑으로는 안 간다.
열심히 빠르게, 느리게 걷다 보면 한 시간도 훌쩍 지나간다.
오늘은 딸네 집에 갔다가 손자의 어린이집에서부터 걸었더니
오늘의 목표걸음을 넘어 4,955보를 걸었다.

나이가 들면 제일 먼저 무너져 내리는 부분이 다리라 한다.
잘 걷지 못하면 사는 일에 큰 계획 변경이 생기기에
운동도 무리하게 하지 말고 매일 3,000보 이상 걷기에 집중하란다.
머리와 가슴을 비워둔 채 오로지 발바닥에 집중하여 걸으란다.

나는 어두울 때 걸으니 발에 더 신경을 쓴다.
혹! 바닥이 고르지 못하여 넘어질까 봐 겁이 나서 더 조심한다.
어떤 일이든 꾸준히 변함없이 하는 것은 어렵다.

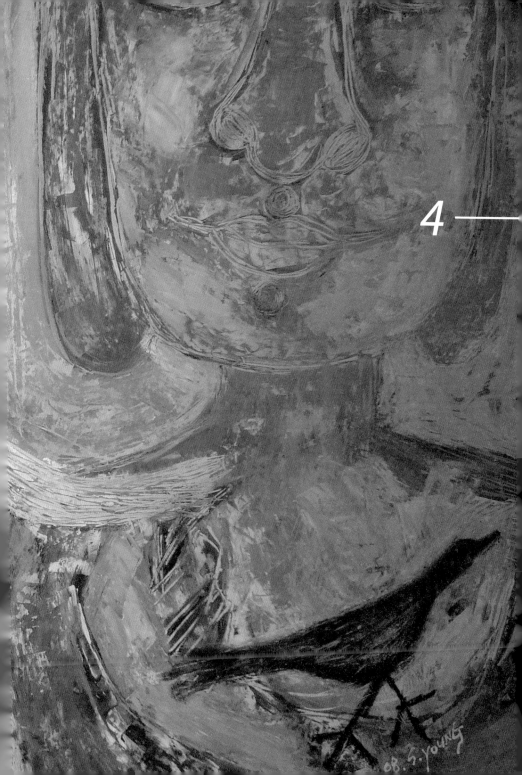

4 ——————

08. 3. YOUNG

# 79

종이에 복합재료

나무 사이로 흐르는 바람의 결이 달라졌다.
아직은 뜨거운 화롯불 같은 더위가 남아 있기는 하지만
여름날의 더위가 조금씩 물러가고 있음이 느껴진다.

나무들도 마지막 여름을 위해 기운을 내고 있다.
매미가 사라진 공간으로 귀뚜라미의 트림이 울려온다.

오늘 이 순간도 지나쳐가는 과거가 된다.
늘 같은 생각에 빠져 맴돌고 맴돌다가 세월에 끼이다.

살아내는 날은 누구에게나 위대한 숙제이지만
숙제를 다 마치는 그날까지
미련과 그리움일랑 만들지 말아야 하는데……

파란 나무 위의 하얀 새들은 나를 위로한다.
서두르지 말고, 쫄지 말고 천천히 살아내라고!

# 남편의 건강검진

남편은 오늘 건강검진을 받으러 늘 다니던 병원에 갔다.
회사 직원들과 함께 간다면서 아침부터 분주했다.
어제 오후 4시부터는 금식했다.
오늘 새벽 4시부터 대장 비우기 작업을 하느라
내가 깰까 봐 아주 조용조용히 병원 처방약과 물을 마시며
화장실을 들락날락거렸다.

아직 회사에 다니니 직원들과 함께 2년에 한 번은
건강검진을 꼭 받으러 간다.
나이가 드니 병원 가는 일은 시험 본 후 채점을 마친
시험지를 돌려받는 듯 아주 묘한 기분이 든다.

학교 퇴임한 후 건강검진 받으러 가는 일에 소홀하다.
어물거리다가 연말이 되어서야 사람들에게 밀려
정신없이 건강검진을 받기는 하는데……

건강검진 후 귀가하는 남편에게 줄 죽을 만들고 있다.
잘 먹고, 간식도 좋아하고 운동이라고는 숨쉬기만 하는데
젊어서의 몸무게를 그대로 유지하는 남편이기에 놀랍다.

토마토에도 꼭 설탕을, 커피도 달달한 커피로 여러 잔
영양제는 입에도 대지 않는 남편이지만 성격은 예민하다.

어찌 되었든 1976년에 만나 아직도 사랑하는 마음을
담아 둔 채 서로 미워하지 않고 살기에 감사하다.
서로의 가려운 등을 시원하게 긁어주면서 해로하길 빈다.

## 80

종이에 복합재료

어느 계절이든 각기 강한 개성을 지니고 있기에
곁을 내준 계절과 헤어지기가 늘 어렵다.
특히 여름은 아주 강렬한 불의 성질을 지니고 있기에
강한 흔적을 남겨두고 싶어 하는 질김이 있다.

그래도 처서라고 하니 밤하늘의 빛깔이 변하고 있다.
가을을 담은 바람이 더위에 틈을 내며 불어온다.
비가 와도 바람이 불어도
습한 더위 속에서는 위로가 되지 못하지만
처서에 내리는 비는 가을을 시작하는 비라 부르고 싶다.

누그러지는 더위를 보고 밤 산책을 한다.
새들도 나의 보폭에 맞춰 함께 걷는 듯하다.
하늘의 달은 갈고리 같지만 검파란 하늘엔 어울린다.

여름을 보내면서 미련이 남지 않게
헤어짐도 잘 해야겠다.
이별에는 늘 미묘한 그리움이 남는다.

# 12시 정각에 꼭 먹는 점심

이른 아침을 먹고 점심은 12시 정각에 먹으려 한다.
오랜 시간 학교 식당에 길들여진 습관을 버리지 못하고 있다.

혼자 먹는 점심 식사라 늘 대충 눈에 보이는 것을 먹게 된다.
내 엄마도 언제나 혼자 드시는 점심은 대충 드셨기에
엄마에게 잔소리를 진하게 하던 생각이 나서 피식 웃음이 터진다.

무엇이든 흉보면서 배운다더니
나는 엄마의 청소 습관을 흉보면서도 배웠나 보다.
매일같이 온 집안을 쓸고 닦고 한다.
현관 바닥은 매일 물걸레로 닦아야만 직성이 풀리기에
엄마를 흉보면서 배운 아주 고약 습관이라 종종 힘들다.

나의 딸은 내가 학교에 다니는 동안 유모가 돌보았으니
나를 닮지 않았을 것이다.
딸은 어릴 때 유모가 자기의 친엄마인 줄 알았다고
황당한 이야기를 나에게 한 적이 있다.

나도 엄마 노릇을 열심히 하느라고 했는데 딸의 눈에는
내가 늘 바쁘고 분주한 엄마라 생각하고 컸나 보다.

오늘 점심 식사도 대충 하려다가
양배추 찐 것에 치즈 얹고 씨앗 젓갈을 넣고 싸 먹었다.
어제 남겨둔 김밥을 살짝 데워서 함께 먹었다.
그리고 따끈한 커피로 입가심을 하는 중이다.

살아내는 일의 형태는 갈수록 누구나 다 닮은꼴이다.

## 81

종이에 복합재료

여름이 선물한 초록의 자연 위로 바람이 지나간다.
밤하늘은 태풍의 비바람을 아직도 품은 듯하다.

여름이 수그러드는 벌판으로
노란빛의 반딧불이가 화려한 무도회를 열었다.
새들도 노란빛을 따라 박자를 맞추려 한다.

여름을 보내기 위해 이런저런 준비에 분주하다.
우리 곁을 스치며 지나갈 가을맞이에 진심을 담다.

# 친구와 1박2일

나의 오래된 친구의 집에 1박 2일로 다녀왔다.
친구는 홍천에서 살다가 양평의 숲으로 이사를 했다.
홍천에서 살 때는 내가 학교 근무 중이라 쉽게 다녀오지 못하고
이번 양평은 함께 가자는 후배가 있기에 코로나 이후 첫 여행이다.

친구는 우리 대학의 유명한 '프리마 돈나'였다.
내가 다니던 미술대학 건물로 가려면
음악대학 연습실의 오솔길을 따라 숲을 지나야 했다.
연습벌레로 소문난 친구는 연습실이 쩡쩡 울리게 노래를 했기에
우리들은 모두 놀라 입을 다물지 못했다.

목소리로만 알고 지내던 친구를 대학 3학년 때
내가 학교 연극부에 들어가면서 만나고 친하게 지냈다.
친구는 대학의 연극부는 아니었지만
연극부원들에게 호흡과 발성을 설명하러 연극부에 왔다.

연극은 〈허생전〉(허균 작)으로 손진책 선생님이 연출을 맡아서
창극 공연을 위한 연습을 했다.


친구는 대학 졸업 후 이탈리아로 성악공부를 하러 간다고 했다.
그런데 어떤 연유에서인지 이탈리아로 떠나지 못하고
성악도 중도에 포기하고 파란만장한 삶을 살았다.
친구의 사연을 쓰자면 장편소설이 나오고도 모자람이 없다.


친구는 지금 양평 숲속에서 혼자 산다.
아들은 해외 출장이 잦아 그림자도 보지 못한다고 한다.
짧은 결혼생활에 금쪽같은 아들을 얻었지만
홀로 된 친정어머니를 아주 오래 모시고 살았다.


어머니가 돌아가시고 나서 홍천이며 양평으로 이사를 했다.
자연 속에서 살기를 원했기 때문이란다.

나는 친구에게 라디오를 즐겨 들으라고 선물하기도 했다.
그리고 양평 숲으로 종종 생활필수품을 사서 보내기도 한다.
친구는 내가 돈을 과하게 쓴다며 야단에 호통까지 친다.

자연의 울창한 숲 기운과 힘찬 물소리를 깔고 누워
수다를 엿가락처럼 늘어뜨리며 밤새워 놀았다.
불빛 따라 집 안으로 들어오려는 날벌레들 때문에
공포로 신경을 곤두세우는 나를 보면서 친구는 웃었다.

"숲속에서 살려면 이 정도의 벌레와는 친하게 살아야 한다."

모처럼 몸과 마음을 늘어뜨린 여행을 했다.
한동안은 우리 서로가 그리워하며 살 것 같다.
단 하루 집을 비웠을 뿐인데
내가 귀가하니 남편은 너무 반가워하며 수다스럽다.

347

# 82

종이에 복합재료

더위가 지나가는 길목에 선 나무들은
여름 더위에 살아남기 위해 안간힘을 쓰는 중이다.

자잘한 아기잎들은 더위에 모두 말라버렸다.
새들은 그런 나무를 위해 부지런히 노래한다.

태풍이 밀려온다는 일기 예보에
나도 나무들처럼 불안감을 내려놓을 수 없다.

임의 마음과 하늘의 마음은
누구도 예측할 수 없다는 엄마의 말씀이 생각난다.

이번 태풍도 은밀하고 고요하게 지나가길
두 손 모아 간절하게 빌고 있다.

2023. S. YOUNG

# 태풍과 오래된 아파트

태풍 소식에 마음이 불안하다.
우리 아파트는 35년도 넘은 집이라 이곳저곳이
연로한 노인의 몸처럼 부실하다.

아파트 외벽에는 예쁜 페인트칠도 했고
수시로 고쳐 나가기에 외모는 건장한 청년이다.
요즘 짓는 아파트와 다르게 벽이 두꺼워
벽에 못질도 어렵고 층간 소음도 어느 정도 불통이다.

요즘 짓는 아파트는 멋진 아이돌 모습이지만
입주한 지 얼마 되지 않아 여기저기 부실하다는 말이 나오기에
새로운 집에 대한 동경과 공포감이 동시에 있다.

작년의 태풍도 서울을 지나갔다.
그래서 우리 부부는 처음으로 합동 작전을 하는 듯
베란다의 유리창에 투명 테이프도 붙었고
창문이 흔들리지 말라고 두꺼운 종이로 틈을 막기도 했다.

몇 년 전에 우리 아파트의 이웃집들은 합동으로
앞뒤 베란다의 샷시를 모두 새것으로 갈았다.
우리 집에도 공사를 함께 하자는 제의가 들어 왔지만
그 당시 우리 집의 하트(토끼)가 베란다에서 살고 있었기에
하트의 물건을 다 치우기가 어려워서 공사를 못했다.

얇은 샷시와 유리창이 불안하지만
태풍이 아니면 그다지 걱정 없이 잘 지내고 있다.

샷시 문이 빽빽하여 여닫이가 어렵기에 양초를 듬뿍 문질러 놓았더니
스르르~~ 미끄러지며 아주 좋다.
태풍의 바람아! 제발 살살 지나가 주렴!

# 83

종이에 복합재료

나무의 몸통이 어마무시하게 크다.
누구에게라도 쉼을 허락하고 자리를 내어주나 보다.

수령이 많은 나무 곁에 서서 나무를 올려다보면
나의 엄마와 아버지를 바라보는 듯 편안하다.

아무리 더워도 정자나무의 그늘 아래에 서면 시원하다.
매미들의 극성에 새들은 잠시 휴가 중인가보다.

자연은 서로에게 자리를 양보하며 쉼을 허락한다.
힘든 더위도 끝이 보인다.

곧바로 곧게 난 길이라 멀어 보이는 것뿐이다.
이 더위도 지나가고 나면 그리울까?

2024. S.YOUNG

# 영화를 즐기다

영화 〈밀수〉를 보았다.
1970년대 이야기라 나의 공감대는 활기찼다.
1973년에 대학에 입학한 나는 부러울 것이 없었다.

그 당시만 해도 딸들을 대학에 보내는 것을
탐탁하게 생각하지 못하던 동네 어른들도 많았다.
그래서인지 우리 동네에서 여대생이 된 것은 내가 처음이다.

모든 생활 물자가 귀하던 시절이었기에
우리가 좋아하던 커피도 밀수된 상태의 상품으로 샀다.

한 달에 한두 번 동네 미장원이나 목욕탕으로
외제물건 파는 보따리상 아주머니가 오면 마을 잔칫날처럼
동네의 아낙들이 그곳으로 다 모여들었다.

우리는 그 보따리상 아주머니를 '양키아줌마'라고 불렀다.
다이알비누, 치약, 토마토케첩, 커피, 코코아가루, 분유 등
엄마는 주로 생활필수품과 먹는 것만 골라 사셨다.

물건값은 월부로 달아 놓고 일단 물건만 먼저 가져오셨다.
양키아줌마는 여자들이 좋아하는 화장품과 옷도 가지고 다녔다.
나비 날개같이 아주 얇고 예쁜 여자들의 속옷도 가지고 다녔지만
우리 동네에서는 잘 팔리지 않았다.

옷보다는 '코티 분과 붉은 립스틱'이 더 잘 팔렸던 것 같다.
나는 엄마의 '코티 가루분'의 냄새와 분통을 아주 좋아했다.
분통 위의 그림은 지금도 생생하게 기억된다.
오랫동안 '코티 분'의 냄새를 엄마의 냄새로 알고 있었다.

요즘이야 돈만 있으면 무엇이든 살 수 있는 편안한 시절이다.
코티 가루분도 인터넷으로 사서 잘 사용하고 있다.
내가 사용하는 것보다 엄마가 그리울 때 한 번씩 열어보는
추억의 향기 상자이기도 하다.
나의 딸은 엄마의 냄새를 어떤 것으로 기억할까?

# 84

종이에 복합재료

장맛비라고 말하는 폭우가 온다.
매일 일기 예보를 영어 단어장 보는 듯 열심히 본다.
창문을 열어 놓고 자다가 폭우로 방안 가득하게
물벼락을 맞고 싶지는 않다.

나무도 새들도 우리도 너무 과한 것에는 적응하기 어렵다.
과하게 내리는 비 때문에 우리 모두 갈 길을 잃은 듯
슬프고 힘이 너무 들어 기운이 빠진다.

여름은 세상 모두가 초록색이라 좋다.
이 초록색의 세상도 머잖아 흙의 색으로 다 변하겠지.
아주 자연스러운 것이 좋은 것인데
요즘엔 누구의 마음도 눈치채지 못하고 헛물만 켠 채로
어영부영 살아내기에 걱정이다.

## 85

종이에 복합재료

산의 뼈대가 안타깝게 보이던 겨울이었다.
겨울이 지나고 나무들이 기지개를 켜며
산의 뼈대를 감싸 안더니 산이 보이질 않는다.

그러나 산과 산의 틈에 마음의 간절한 염원을 담아
세월로 쌓아 올린 탑은 아주 멀리서도 보인다.

세월은 우리의 사정일랑 아랑곳없이 바람을 따라
곁에 우리가 있음을 알면서도 지나친다.

세월의 민낯을 보고 싶다.
나는 이미 민낯으로 세월 앞에 서서 투정도 삼키는데
세월은 언제가 되어야 진솔한 속내의 민낯을 보여줄까?

우리에겐 많은 시간이 남아 있지 않다.
열심히 아주 열심히 살아냈다고 생각하면서도
종종 노을 앞에서, 밤하늘의 초승달을 보며 울먹인다.
나는 아직도 나의 탑 만들기를 시작도 못했는데……

종이에 복합재료

뜨거운 볕이 머리 위에서 내리쪼여도 투정 없이 여름을 좋아한다.
그늘을 만들어 주는 숲으로 들어가니
나무들이 만들어 주는 시원함에 바람은 덤이고
작은 벌레들이 나를 찝쩍대는 것은 애교로 받아들인다.

나이가 드니 벌레들의 찝쩍거림에는 후유증이 오래간다.
팔과 다리 군데군데가 가렵고 가려워서 긁고 약 바르고
좀 나아질 때면 또 나무들이 부르는 곳으로 산책한다.

그림으로 보는 숲은 평온하기만 한데
살아 있는 숲에는 식구들이 너무 많이 살고 있어서인지
나에게 관심을 표현하는 방식도 각기 다르다.

문득 영국의 숲이 그립다.
벌레들도 영국스럽게 누구도 이방인에게 관심을 갖지 않는다.
잔디에 누워 꼬박 잠이 들었던 기억이 난다.

2023년 도내기

# 남편 생일

음력 5월 3일은 남편 생일이다.
시모님 계실 때는 어머님 주도하에 남편 생일을 챙겼다.
고급음식점 예약이며, 당신 아들들 생일이 있는 주말은
가족 모두가 무조건 시간을 비워둬야만 했다.
그렇다고 며느리 생일도 꼼꼼하게 기억하신 것은 아니다.

유난하게 아들과 손주들에 대한 애착이 강하셨다.
손자들 학교 시험 기간에는 가족 제사에 아들만 오라신다.
며느리는 손자들 시험공부에 방해가 되지 않게 하라셨다.

어머니가 안 계시니 시숙이 동생 생일을 챙기신다.
그러나 동생은 형 생일에는 관심이 없는 듯하다.

요즘에 우리에게도 새로운 가족이 생기니
가족 행사도 자연스럽게 자기 가족들 위주로 하게 된다.
어머님이 세상을 버리시면서 큰아들 내외에게 당부하셨다.

"훗날 내가 없으면 너희들 형제가 모이지도 않겠지?
  그러나 네가 형이니 동생들 생일이며 조카들 잘 챙겨라.
  우리 홍씨 집안은 서로가 잘 챙기며 살아야 한다.
  세상에는 가족밖에 없단다."

동서에게 전화가 왔다.
부모님 산소에 성묘 가서 말씀드렸단다.

"어머님이 시키신 대로 하려고 해도 동생들이 영 기회를 주지 않네요.
  우리는 열심히 해요."

작년 남편 생일에는 시숙이 우리를 불러 식사를 대접했고
동생에게 생일 축하금도 두둑하게 줬다.
그러기에 형만한 아우가 없다는 옛말이 그냥 나온 말이 아닌가 보다.

올 남편 생일에는 사위와 딸 그리고 손자가 특별한 케이크로 축하했다.
우리 부부의 얼굴이 담긴 케이크를 만들어 선물했다.
실제보다 더 젊고 예쁘게 만들어 왔기에 감동했다.
이제는 손자가 축하해 주는 생일이 더 행복하고 좋으니 어쩌나……

# 87

종이에 복합재료

계절로 풍성해진 나무들이 하늘로 둥둥 떠다닌다.
갑자기 쏟아져 내리는 여름의 소나기를 피해
새들은 나무 둥지 위로 이리저리 날아다닌다.

바람도 비도 여름 나무들의 속내는 절대 볼 수 없다.
무성한 나뭇잎들이 나무의 마음을 꽁꽁 감추고 있기에
나무를 의지하고 살던 새들도 밖으로 모두 튀어나온다.
그러기에 여름이라는 계절은 혼자 있어도 여럿이 있는 듯하다.

여름비가 주는 땅의 향기로운 흙 내음이 좋다.
우산 없이 나갔다가 만나는 소나기에
잠시 멈추어 서는 것도 여유로운 마음이라 여름이 좋다.

# 우동 사랑

남편은 우동을 많이 좋아한다.
주말 점심이면 뭘 해 먹을까 고민하다가
동네 경제도 살릴 겸 중화요리 집에서 음식을 시켰다.

집 근처이고 점심 때라서 음식이 바로 배달됐다.
남편은 우동 속의 해물들을 골라서 나에게 준다.
난 국물 요리는 좋아하지 않기에
남편은 내 것과 바꿔서 먹자는 말을 하지 않는다.
그래서 정이 많고 착한 남편은 젓가락질이 바쁘다.
우동 속의 여러 해물을 나에게 주느라 분주하다.

아이들이 어릴 때 주말이면 피자와 치킨보다
짜장면과 탕수육을 더 많이 시켜 먹었다.
아직도 내가 중화요리를 시켜먹는 집은
딸이 다니던 중학교 앞의 중화요리 집이다.
아이들 어릴 때부터 쭈욱 한 곳에 있는 집이다.

그동안 음식점 이름은 여러 번 바뀌었지만
거의 30년이 넘도록 중화요리 집이다.
중국인이 주인이 아닌 중화요리 집이다.

아이들 어릴 때는 중국인이 중화요리 음식점을 많이 했다.
직원들도 거의 중국인들이라 중국집은 작은 중국인 듯
그들이 이야기할 때마다 무척이나 소란스러웠다.
그러나 요즘에는 우리나라 사람인 청년주방장들이 더 많다.

남편이 골라 준 홍합이 짜장면 위에 올라 있다.
조개도 주꾸미도 있다.

## 88

종이에 복합재료

여름을 당겨오는 비가 여러 날 세상을 덮었다.
비를 기다리던 새들은 호수에 놓인 듯
나무들을 징검다리 삼아 이리저리 돌아다닌다.
비가 오니 나무와 새들도 좋은가 보다.

여름은 초록과 붉은색 보색의 계절이다.
서로가 대비되는 보색의 관계도 너무나 잘 어울린다.
비가 만든 하늘의 호수 위로 나무들이 둥둥 떠다닌다.
나무들을 배로 알고 새들은 뱃놀이를 즐기는 중이다.

여름의 숲은 너무나 많은 비밀을 감추고 있기에
홀로 숲으로 들어가도 외롭지 않으리라.

# 범사에 감사하라

무사안일한 일상의 일이 너무나 감사하다.
그러기에 '범사에 감사하라'는 말을 좋아한다.

새벽 여섯 시가 조금 넘어 휴대폰으로 재난문자와 함께
안전한 곳으로 대피하라는 방송이 나왔다.
창문 밖에서는 스피커로 왕왕 온 동네가 흔들리게
안전한 장소로 대피하라는 방송이 집집마다 들린다.

얼른 TV를 켜고 무슨 일인가 집중하고 있으려니
오래전의 위급했던 날이 생각났다.

1985년 학교에 있는데 대피 방송이 학교 전체에 울렸다.
나중에 알았지만 북에서 비행기가 남으로 넘어왔다고 했다.
그 당시 나는 큰아이를 임신 중이었기에
무거운 몸으로 어찌해야 할지를 모르고 엄마에게 전화를 했다.
그 당시에는 누구도 휴대폰을 자유롭게 지니던 시절이 아니라
교무실까지 내려와서 내 차례를 기다리다가 전화를 걸었다.

학생들이 많은 큰 학교였기에 교사들의 수도 100명이 넘었다.
사람들은 은행으로 달려가 돈을 찾아야 한다고 했다.
가족들에게 연락이 되지 않아 안절부절못하는 사람들로 탄식이!
그리고는 모두 나에게 한 마디씩 위로의 말을 했다.


"유 선생은 뱃속에 아이가 있으니 아이와 함께 대피하면 되는 것이니
  너무 염려하지 말아요. 우리들이 걱정이요."


아침에 대피하라는 긴급 재난문자를 받고 우리 부부는 서로 말했다.


"우리가 어디로 대피해?"


안전한 곳으로 대피하라고 방송하지만 그곳이 어디인지 모른다.
우리 동네에 지하 방공호가 있다는 소리를 들어본 적이 없다.
우리 부부는 보기엔 멀쩡해도 둘 다 환자라 갈 곳이 없다.

## 89

종이에 복합재료

한낮의 열기에 비하면 아침저녁에는 서늘하다.
낮의 열기를 타래로 만들어 새가 물었다.
마을의 작은 집들 창으로 불빛이 흐른다.
불빛이 흐르기 시작하면 저녁 준비로 소요하다.

저녁 시간이 깊어져도 하늘은 낮의 여운으로 환하다.
여름의 시절을 누구보다 좋아한다.
더위라도 집에만 있으면 시원하여 뒹굴며 놀기 좋다.

더운 기운이 들어오지 못하게 바람의 길만 남겨두고
창문마다 암막 커튼을 늘어뜨린다.
더위조차도 안에 누가 있는지 모르게 커튼 뒤로 숨는다.

2023. 5

# 배달음식

여름이 시작되기 전에 가벼운 차림으로 여행한다.
그림 그리는 도구와 눈에서 술술 넘어가는 책 한두 권은
언제나 나의 여행 가방에 들어 있다.

직장을 퇴직하고 몇 년은 원없이 돌아다녔다.
코로나가 창궐하면서부터 나의 발은 문밖으로 멀리 못나간다.

영국에서도 해질녘이면 집집마다
빵 굽는 냄새와 파스타 냄새가 온 동네에 진동했다.

영국에 있는 동안 아침 식사는 한국식으로 내가 준비하고
저녁 식사는 아들이 준비했다. 그러니 우리 집도 파스타였다.

요즘 우리 동네에서는 저녁 식사 만드는 냄새가 사라졌다.
가끔 아파트 엘리베이터에서 온갖 배달 음식 냄새가 난다.
예전에는 다 먹은 배달 음식 그릇을 문 앞에 내놓기에
어느 집에서 무엇을 시켜 먹는지 알았다.

그러나 요즘에는 온갖 음식 냄새가 복합되어 풍기지만
배달 음식이 어느 집으로 도착했는지 모른다.

우리 집 아이들이 어릴 때 배달 음식은
동네에 있는 중화요리와 피자와 통닭 배달이 거의 전부였다.
요즘처럼 다양한 음식이 배달되리라고는 상상하지 못했던
그런 시절이 우리에게도 멀지 않았던 때의 기억이다.

영국 아들의 동네에도 별의별 음식이 다 배달된다고 한다.
영국 본머스에서는 주문받은 음식들을 자전거로 배달한다.
옷과 자전거 배달 가방이 한 가지 색이기에 누구나 알아본다.
영국 음식은 우리나라 음식처럼 물기가 많은 음식이 아니라서
자전거로 배낭에 음식을 담아 옮기는 것이 가능한가 보다.

우리도 둘이서만 살지만 남편이 좋아하는 '파닭'을 종종 시켜 먹는다.

## 90

종이에 복합재료

여름은 이미 시작되었다.
해가 길어 하루가 엿가락처럼 늘어진 듯 여유롭다.
그래서 조금 느리게 게으름 부려도 마음이 초조하지 않다.

더위가 시작되면서부터 땀이 많아졌다.
집안일이나 그림 그리기에 집중하여 움직이다 보면
머리 위에 샤워기가 있는 듯 머리와 얼굴에서
땀이 소낙비처럼 후드득 떨어진다.

누구는 내가 한증탕을 즐기기에 땀구멍이 다 개방되어
그런 것이라고 아주 당연한 현상이라 말한다.

5월이 아무리 덥다고 해도 해가 지고 나면
서늘한 바람이 골을 따라 불어오면 덤으로 천리향 나무와
찔레꽃 향기가 창문을 넘어 방안으로 가득하다.

5월의 태양은 아직 핑크색이다.
나의 마음은 언제나 핑크빛으로 그리운 상념이 많다.

# 나의 제자들과 일기장

5월 15일은 스승의 날이라고
나이 든 제자들이 안부 전화와 문자를 보내왔다.
해외에서 사는 제자는 그의 엄마가 대신 안부를!

34년 동안의 나의 교직 생활이
헛되지는 않았다는 생각이 들었다.
대문을 나서서 근무하던 학교로 들어서면 오로지
제자들에게만 모든 것을 아낌없이 나누던 시절이었다.

2016년에 퇴직할 때도 아이들과 헤어지기가 힘들어서
울고불고 〈미워도 다시 한번〉의 영화를 찍는 듯했다.
시간은 너무 빨라 학교를 떠난 지 7년
아직도 꿈을 꾸면 학교에서 아이들과 생활하는 내용들이다.

  〈선생님과 함께 쓴 제 일기장을 요즘 5학년인 아들과 함께 읽으면서
  저에게도 5학년 시절이 있었음을 아들에게 말해요.〉

제자의 안부 문자를 본다.
매일 아이들과 일기 주제를 이야기하고 주제대로 일기를 썼다.
그래도 나에게 비밀 글을 남기고 싶은 아이들은
일기를 쓴 후 다른 종이로 덮어 비밀을 유지했다.
아이들이 일기를 써오면 내가 답글을 수없이 많이 써 줬다.

34년의 긴 시간 동안 일기 함께 쓰기는
나와 아이들의 추억 만들기 작업이었다.
나이가 마흔이 훌쩍 넘었어도 제자들에게는
동심의 비밀수첩이며 토끼 굴과 같은 휴식이란다.

사람이 살아내는 한 세월은 너무나 짧다.
우리에게 남겨진 것은 자신에 대한 기록과 기억뿐이다.
나의 제자들도 나이가 드니 초등학교 때의 선생님이 그립단다.
지나간 일은 좋은 기억만 남겨지기에 그리움이다.

# 91

종이에 복합재료

나의 방 창문 밖으로 내다보면
사방이 산으로 우리 동네를 안고 있는 듯하다.
그래서인지 초저녁 창으로 흘러드는
초여름의 바람에 산 내음이 담겼다.

산을 눈으로만 바라보기만 한다.
내 몸을 산에 허락한 지는 아주 오래되었다.
바람이 나무를 흔들어 출렁거리는 것을 보면
평지를 걷는 내 다리도 출렁거리려 한다.

올여름에 지인들은 알프스와 산티아고 순례길에 간다며
오르기와 걷기를 부지런히 연습한다.
나는 내 그림 속에서나 산에 오르고 올라 달의 곁에 선다.

2022. 5. YOUNG

# 부부는 꼭 한 이불에서 자야 한다고!

부부는 어떠한 경우라도 한 이불에서 자야 한다.
예전 어른들은 결혼하는 우리에게 누누이 말씀하셨다.

 "부부가 싸웠어도 한 이불에서 자야만
  부부간의 싸움이나 다툼이 칼로 물 베기가 되는 것이란다."

환갑이 넘을수록 부부들은 '함께 자기 힘들다'는 설문조사가 있다.
그 이유는 나이가 들수록 서로의 '바이오리듬'이 다르기에
숙면을 취하기 어려워 피곤이 누적되어 노화가 급속화 된다고!

이웃에 사는 후배가 기쁜 소식이라며 나에게 알려왔다.
딸을 결혼시키고 딸이 쓰던 방으로 잠자리를 분리했다고 한다.
그랬더니 며칠 전부터 숙면을 취할 수 있기에
낮에도 졸지 않아 피로가 덜하다는 소식이다.

우리 집도 아들이 영국으로 유학을 떠나고 난 후
아들의 방에서 책도 보고 음악도 듣고 컴퓨터 작업도 하다가
슬그머니 남편과 분리되어 살게 되었다.

남편은 혼자 자는 것은 너무 불행한 일이라고 반대했다.
그래서 일은 아들 방에서 하다가 잠은 다시 함께 잤다.
그러나 서로 자는 시간이 다르고 자기 전 하는 일도 다르기에
함께 자는 일은 너무나 힘든 고통의 연속이라 다시 분리했다.

분리하고 살기에 남편의 새로운 면도 보게 되어 신선하다.
자다가 중간에 화장실 가느라 깨서 만나면 너무 반갑다.
누가 먼저 일찍 깨면 자는 사람 방해하지 않으려고 방문도 닫아준다.

아이들이 우리보다 더 커져서 우리의 품을 떠나고 나면
상실감으로 힘들어하는 사람들을 많이 보았다.
자기 방이 생기고 자기의 특별한 공간이 생기면 위로가 된다.
그러니 어서어서 나누어 생활하기를 간곡하게 권한다.

## 92

종이에 복합재료

굴곡진 날씨를 펼치던 4월도 기억 속으로 잠식된다.
여름을 부르는 열기가 세상으로 가득하다.
그래도 아직은 그늘에 등을 기대면 쌀쌀하여 춥고
볕에 등을 기대면 더워져 마음이 그네를 타는 듯하다.

모든 것은 마음이 쥐락펴락하는 것이거늘
아직도 그 마음의 변덕을 눈치채지 못하고 산다.

새는 미동 없이 당당하게 가슴 펴고 오는 절기를 바라본다.
언제가 되어야 나도 세월에 당당해질 수 있으려나!

2025.
5.

# 외국서 온 아버지의 엽서

아버지께서 우리 삼남매에게 보내 주신 엽서들이 상자에 가득하다.
아버지가 보내 주신 55년 전의 편지들이다.
그때는 미국에서 엽서가 오는 데 오랜 시간이 걸렸다.
아버지와 편지를 주고받을 때는
나는 고등학생이고 여동생은 중학생 남동생이 초등학생

아버지는 미국 영국 스위스 독일 등의 여러 나라에서
공무로 사업으로 오랫동안 체류하셨다.

외국과의 전화 사정이 좋지 않던 1965년에서
1970년대 초기에는 오로지 엽서나 편지가 부지런하게 오고 가도
거의 한 달이라는 시간이 소요되었다.

아버지는 우리의 편지 받는 것이 큰 기쁨이셨기에
편지가 조금 늦으면 걱정을 많이 하셨던 것 같다.
우리 삼남매 중 내가 맏이라 편지도 제일 많이 썼다.
편지글이 감상적이며 아버지의 마음을 노골노골하게 하는 문장 뒤에는
꼭 돈을 보내 달라는 요구를 담았다.
(나중에 아버지가 내 편지글에 대해서 말씀해 주셨다.)


아버지가 미국에서 돈을 보내 주시면
명동의 중앙우체국에 가서 받은 미국 달러를
명동에 상주하던 달러 아줌마들에게서 우리나라 돈으로 바꿨다.
오랫동안 달러 아줌마들과 나는 단골이 되어 잘 지냈다.

요즘에는 어느 은행에서나 외국 돈을 사고팔고 하지만
예전에는 외환은행 한 곳에서만 외국돈을 거래했기에
사고팔 때도 돈의 액수가 만족하지 못했다.

그림 그리는 재료비와 학원비 그리고 과외비 등
아버지에게 돈을 얻으려고 나는 문장력을 키워
아버지의 마음을 홀라당 꿀물처럼 녹여 내야만 했다.

오늘은 아버지 기일이다(1991년 4월에 떠나심).
그래서 여동생과 함께 아버지를 추모하려고 엽서를 꺼냈다.
남동생이 있을 때는 부모님 제사를 남동생이 모셨기에
며칠 전부터 제사 시간 엄수하라고 명령을 내렸다.
큰일 앞에서는 우리 막냇동생이 큰오빠처럼 행동했다.

막내가 멀리 떠난 후 4년 동안 여동생과 나는
아버지나 어머니의 기일을 추모한다.
그리움이 늘 남겨지는 시간이다.
아버지의 엽서를 읽으며 동생과 나는 눈물을 흘렸다.

# 세상을 떠난 친구

지난주 수요일에 나의 절친이 멀리 소풍을 떠났다.
그래서 목요 편지를 쓸 수가 없었다.

친구는 코로나 후유증으로 기침을 오래 하고 숨이 차다고 해서
큰 병원에 입원하여 검사를 받으니
의사들도 보기 힘든 폐암이라며 치료를 열심히 하자고 했다며
병원에서 열심히 치료를 받았다.

친구를 만나 밥도 먹고, 차도 마시고 드라이브도 했고

  친구에게 놀리듯이 "너 오진 아니니?" 했다.

거의 일 년 동안 병원에 드나들며 치료했다.
신약이라는 약의 부작용으로 여러 번 약을 바꾸기도 하고
병원 다니는 것도 지겹다면서 투정에 투정을 부리곤 했다.

친구가 세상을 뜨기 며칠 전 숨이 차올라 병원에 가서
또다시 폐에서 물을 빼내고는 다시 좋아지는 듯했는데

수요일 아침에 혼절하여 병원으로 옮겼는데
그냥 소생하지 못하고 멀리 떠났다고 한다.

나와는 어릴 때부터 친구였으니 70년 동안 친구다.
친구의 엄마와 우리 엄마가 친구였다.
그래서 우리는 자연스럽게 친구가 되어 평생을 왕래하며 살았다.
아이들도 함께 키웠고 친자매처럼 지냈기에 이모라 불렀다.

친구는 하느님의 사랑 속에서 늘 살고 있기에
자기를 부르신다면 언제든 갈 준비가 되어 있다고 말했다.
친구가 떠나고 나서 아무것도 할 수가 없다.
몇 해 전 나의 남동생 떠났을 때처럼 매일 눈물이 흐른다.

친구의 삼남매 아이들이 엄마를 용인 천주교묘소에 잘 모셨다.
이제 친구는 영원한 멈춤의 장소에 있다.
이제는 내가 보러 가야만 볼 수 있는 곳이다.

그동안은 내가 바쁘다고 친구는 언제나 나에게 먼저 달려왔다.
늘 자동차를 내 학교 앞이나 우리 집 앞에 대 놓고는
내려오라고 전화를 걸어오곤 했다.
운전하기가 취미였던 내 친구 덕분에 좋은 곳에도 많이 다녔다.

친구야! 사랑하는 하느님이 네가 더 필요하셔서
너를 급하게 데려갔나 보다.
잘 가! 내 친구. 네가 좋다고 하면 나도 좋아!
내 동생과 하트가 달려 나와 내 친구를 잘 맞이했을까!

# 93

종이에 복합재료

"우리는 여기에 있는데 너는 혼자 왜 그 높은 곳에 올라가 있니?"
"멀리 보기 위해서는 높은 곳으로 올라가야 해!"

문득 영국 본머스 해변에 사는 갈매기가 생각났다.
내가 바닷길을 따라 걸으면 내 머리 위로 빙빙 돌며
나를 따라다니다가 벤치에 앉아 점심을 먹을 때면
다른 갈매기들이 내 점심 식사를 방해하지 못하도록
질기게 지키던 머리가 새까맣던 갈매기가 생각난다.

녀석들도 잘 있겠지!
나의 그리움은 언제나 새들의 시선을 따라 번진다.

내 그림 속에는 하늘 전체로 봄기운이 가득하다.
곧 분홍색의 하늘 위로 봉숭아꽃 붉은빛으로 여름이 번질 것이다.
해의 길이가 긴 여름이 좋다.

# 양재천 산책

우리 동네에는 홀로 산책하기 좋은 양재천이 있다.
양재천은 서초구와 강남구에 걸쳐 있다.
서초구 양재천에서 걷기 시작하여 강남구에서 마친다.

두 구청 사이에는 보이지 않는 경쟁심이 있기에
양재천을 관리하는 방법도 사뭇 다르다.

서초구 구간에는 주로 예술적인 구조물이며 꽃 심기로
조경을 아름답게 가꾸는 데 주력하는 듯하다.
그리고 양재천 변에 서초구 어린이도서관을 아주 큰 규모로
건축하여 최고의 공간과 최신 시설의 도서관 모습으로
귀한 어린이책들이 넘쳐나기에 활동 공간도
외국 도서관들보다 더 좋은 듯하다.

그러나 지난여름 홍수로 수만 권의 책들이
물에 수장되는 아픔을 겪기도 했다.
양재천은 여름마다 언제나 상습 홍수 지역이다.

강남구 관리의 양재천은 물 관리를 철저하게 하기에
물이 깨끗하고 숲을 조성하여 온갖 새들이며 물고기와
너구리 가족들도 종종 나들이하는 모습을 보여준다.
그래서 여름에는 숲 쪽으로 걷지 말라고 한다.

낮에도 밤에도 양재천을 걷는 사람들이 많다.
걸어서 집에 오면 만 보 걸음이 넘는다.
일주일에 두 번은 걸으려고 노력 중인데 잘 안 된다.
걷고 걷는 것이 나이 들어서는 보약이라 하거늘
나는 보약 먹기를 좋아하지 않는 것이 늘 문제다.

## 94

종이에 복합재료

4월에는 사계절 날씨가 다 들어 있는 듯하다.
바람이 우리의 멱살을 잡는 듯 꼬챙이 같은 바람에
옷깃을 꽉 여미게 만들기도 하고
햇볕은 돋보기에 집중된 송곳 뜨거움을 흉내 내기에
화들짝 놀라 볕을 피하느라 손으로 가리느라 분주하다.

봄바람에게는 자비심이 결여되어 있다.
어렵사리 피워낸 꽃들을 흔들어 단박에 낙하시킨다.
우리에게 게으름을 절대 허용할 수 없다는 경고로
봄날을 즐기고 싶으면 군말 없이 나무 곁을 지키라 한다.

봄을 건너뛰고 여름이 오려나 보다.
이제는 미리부터 시절 인연에 연연하지 않으려 한다.
마음을 저 푸른 바람에 맡겨두고 나도 새들처럼
바람이 흔들어 주는 세월의 그네에 올라타 흔들거린다.

# 쌀집 자전거

내가 처음 자전거 타기를 배운 것은 중학생 때
동네 쌀집 자전거로 처음 페달을 돌렸다.
동네 쌀집 자전거는 까만색에 고철덩이로 너무 컸다.

자전거 뒤에는 쌀을 실을 수 있는 커다란 짐칸이 있었고
자전거가 너무 커서 페달에 내 발이 잘 닿지 않았다.
그래도 까치발을 하며 기를 쓰고 탔다.
엄마는 여자아이가 자전거를 그렇게 타면
나중에 시집도 못 간다고 걱정하셨다.

우리 동네에 유일했던 쌀집 자전거는 누구도 타겠다는
엄두를 내지 못했지만 나는 쌀집 아저씨 모르게
자전거를 타고 온 동네를 씽씽 달렸다.
자전거를 타고 온 동네를 구석구석 달리던 기분은
춘향이 따라잡기로 그네를 타던 그런 기분보다 더 좋았다.

우리 집 언덕 위에는 경동고등학교가 있었다.
나는 남학생들 사이에서 자전거 타는 '왈가닥 여학생'으로
별의별 소문을 꼬리연처럼 달고 다녔다.

노란색이나 빨강색의 자전거 앞에 소쿠리를 매단 자전거를
언젠가는 꼭 갖고 말겠다는 나의 소망은 희망사항으로 끝났다.

1960년대 말에는 여자가 자전거 타는 것을 신기해했다.
자전거도 타고 다녔고, 태권도를 했기에 남학생들과 대련도 했고
남학생들이 남자친구로 나의 친구들에게 소개해 주느라
뚜쟁이처럼 동네 빵집에도 자주 드나들었다.

세월이 오래 흘렀어도 나를 기억하는 경동고등학교 학생이
뜬금없이 내가 어찌 살고 있는지 궁금해한다는 말도 들었다.

## 95

종이에 복합재료

바다를 바라보고 서면
절기의 흐름을 쉽게 눈치채지 못한다.
가끔 바람의 방향과 세기가 절기를 알려주지만
바다는 늘 한 가지 모습으로 변화를 거부하는 듯 평온하다.

아침 하늘을 보니 회색빛으로 하늘 전체가
바다를 흉내 내고 있지만
봄을 알려주는 나무들의 모습은 매일 다르다.

우뚝 솟은 바위 끄트머리에 앉은 새들
바람이 툭 치고 지나가도 모른 척 한가롭다.
바다에서 들려오는 갈매기들의 아우성이
내 머리 속을 뒤흔들고 지나가는 듯하다.

내가 점심을 먹기 위해 도시락 뚜껑을 열면
어디선가 날아와 도시락을 지키던 어린 갈매기가 그립다.

아들이 사는 영국 '본머스 바다'에는 저런 바위들은 없다.
그리운 마음을 대신하여 바다에 징검다리를 만든다.

# 96

종이에 복합재료

봄맞이를 위해 지난겨울을 토닥이느라
바람의 심술도 못 이기는 척 받아내다.

밤새도록 서쪽 창문이 흔들렸다.
바람이 파도 소리를 내면서 서창을 두드렸다.

나무들도 부동자세로 멈춰 숨을 참고 있다.
바람이 거세게 하늘을 휘몰아치고 이리저리 비틀거려도
하늘 한가운데 숨은 듯 배시시 웃는 해님은 핑크색이다.

세월도 계절이 바뀔 때마다 심한 몸살을 앓는다.
나도 세월의 갈고리에 걸려 찬바람이 내 등짝을 치면
기침 서너 번으로 화답을 하는 중이다.
코로나가 남겨준 기침이 바람의 장단에 시도 때도 없이 터지다.

# 동백꽃과 지인 부부

영월에 사는 지인 부부가 남도로 여행하면서
이른 아침부터 나에게 남도 풍경을 카톡으로 보내온다.
좋은 풍경을 혼자 보기 아쉬운 마음이 담긴
남도의 풍경이 숨도 쉬지 않은 채 계속 올라온다.

풍경은 동영상이 아닌데도 동영상처럼
내 눈앞에서 동백꽃이 바람에 날리고 동행인 듯했다.

낙하한 동백꽃을 모아 예쁜 사랑을 표현했다.
곧 바람과 비에 흩어져 버리고 말겠지만
동백꽃으로 만든 하트와 원 모양
보는 이의 마음에 감동을 주는 소녀의 마음이랄까?

살아내는 일은 우리 모두가 원의 트랙을 각기 다른 속도로
달리거나 걷는 것과도 같다.

원에서는 헤어져 걷던 이들과도 어느 시점에 만나고야 만다.
그러기에 한 번 맺어진 인연들과는 이별이란 없는 것 같다.
눈에 보이지 않는다고 우리와 이별했다고 말하기엔
함께한 기억들이 너무 생생하고 아프기에 그립다.

나이 든 나의 지인 부부는
어디 가든 같은 곳을 함께 바라보자며 사진을 보내온다.
여행이 즐거우라고 여행을 위한 금일봉을 넉넉히 보냈다.
여행 중에 받아 보는 금일봉은
즐거움이며 힘이 되던 나의 기억을 소환해 보며
나의 엉뚱한 행동에 깜짝 놀라 웃을 지인 부부의 모습에 즐거웠다.

그때
그 느낌은
누구의
것일까

글 · 그림 유순영 / 발행인 김윤태 / 교정 김창현 / 북디자인 디자인이즈
초판 1쇄 발행 2024년 5월 10일 / 발행처 도서출판 선 / 등록번호 제15-201 / 등록일자 1995년 3월 27일
주소 서울시 종로구 삼일대로 30길 23 비즈웰 427호 / 전화 02-762-3335 / 전송 02-762-3371

값 20,000원
ISBN 978-89-6312-633-3  03810